DRO AR ÔL TRO

Dro ar ôl Tro

Judi Curtin

addasiad Eleri Huws
o *Time after Time*

Darluniau'r clawr a'r tu mewn gan Rachel Corcoran

Gwasg Carreg Gwalch

Cyhoeddwyd yn wreiddiol gan Wasg O'Brien Cyf., Dulyn, Iwerddon: 2016
Teitl gwreiddiol: *Time after Time*

Cyhoeddwyd yn Gymraeg drwy gytundeb â Gwasg O'Brien Cyf.

Cyhoeddwyd yn Gymraeg gan Wasg Carreg Gwalch 2019
Addasiad: Eleri Huws

Rhif Llyfr Safonol Rhyngwladol:
978-1-84527-710-9

Cyhoeddwyd gyda chymorth Cyngor Llyfrau Cymru

Dylunio'r clawr Cymraeg: Eleri Owen

Cyhoeddwyd gan Wasg Carreg Gwalch,
12 Iard yr Orsaf, Llanrwst, Dyffryn Conwy, Cymru LL26 0EH.
Ffôn: 01492 642031
e-bost: llyfrau@carreg-gwalch.cymru
lle ar y we: www.carreg-gwalch.cymru

Argraffwyd a chyhoeddwyd yng Nghymru

Pennod 1

Mae Betsan a fi yn ffrindiau gorau. Wastad wedi bod.

Mae cael ffrind gorau'n grêt. Hi yw'r unig un yn y byd i gyd sy'n dy ddeall di go iawn. Rwyt ti'n gwybod beth sy ar ei meddwl hi, a hithau'n gwybod beth sy ar dy feddwl di – er nad oes neb wedi dweud yr un gair!

Mae'n deimlad od, fel tasai hi'n rhan ohonot ti – y rhan orau, sy ddim yn becso am bethau bach dibwys. Byddet ti'n hoffi treulio bob munud o'r dydd gyda dy ffrind gorau, a chysgu draw yn nhai eich gilydd bob penwythnos. Byddet ti'n hoffi ei chael yn agos bob amser, yn barod i wrando ar dy gyfrinachau a chwerthin am ben dy jôcs – hyd yn oed os nad y'n nhw'n ddoniol.

Byddet ti'n dymuno ei chael hi'n chwaer i ti, er mwyn i'r ddwy ohonoch chi allu byw yn yr un tŷ a bod gyda'ch gilydd bob munud o bob dydd.

Ond fy nghyngor i ti yw hyn – gofala beth rwyt ti'n ei ddymuno . . .

Gadawodd Dad y teulu bedair blynedd yn ôl, pan o'n i'n wyth oed. Un funud roedden ni fel pob teulu arall, a'r funud nesaf roedd popeth wedi newid. Y diwrnod ar ôl ei ben blwydd yn 43 oed, penderfynodd Dad ei fod am fyw fel hipi – ac i ffwrdd ag e i Affrica i 'ddarganfod ei hun', beth bynnag yw ystyr hynny.

Ar ôl i Dad adael, aeth Mam yn honco bost. Arhosodd yn ei gwely am wythnos gyfan, yn llefain ac yn bwyta creision. Pan o'n i'n cyrraedd adref o'r ysgol, doedd 'na byth ddim byd i'w fwyta, er bod y tŷ cyfan yn drewi fel ffatri greision.

Ro'n i'n awyddus i helpu Mam, ond dim ond plentyn o'n i – beth allwn i wneud? A beth bynnag, ro'n innau'n torri 'nghalon hefyd. Roedd Mam mor brysur yn teimlo trueni drosti hi'i hun nes anghofio 'mod innau'n colli Dad hefyd. Roedd y ddwy ohonon ni wedi colli rhywun annwyl.

Weithiau, ro'n i'n eistedd ar ochr gwely Mam ac yn gafael yn ei llaw – ond doedd hynny'n gwneud dim gwahaniaeth. Bob dydd roedd y pentwr o bacedi creision gwag ar y llawr yn mynd yn fwy ac yn fwy, a'r gwely bron o'r golwg dan bentyrrau o hancesi papur gwlyb. Ro'n i'n

becso'n ofnadwy – dwi wedi gweld ffilmiau'n dangos sefyllfaoedd tebyg, a dy'n nhw byth yn gorffen yn hapus.

* * *

Ond yna un diwrnod, wythnosau'n ddiweddarach, cyrhaeddais adre o'r ysgol a gweld bod y ffenestri i gyd yn llydan agored a sŵn cerddoriaeth fywiog yn dod o'r tŷ. Fedrwn i ddim credu'r peth pan glywais lais Mam yn galw arna i, 'Helô, bach. Mae te bron yn barod. Dwi wrthi'n gwneud tipyn o waith crefft.'

Mae Mam wastad wedi bod yn dda gyda'i dwylo, ac ro'n i'n wên o glust i glust wrth gerdded i mewn i'r gegin. Ond diflannodd y wên yn eitha sydyn wrth weld y pentwr o focsys gwag o 'mlaen, a chasgliad Dad o DVDs gwerthfawr yn gorwedd driphlith draphlith ar y llawr.

'Beth yn y byd mawr . . ?' llefais. 'Pam wyt ti wedi torri'r DVDs yn ddarnau mân?'

'On'd ŷn nhw'n bert?' atebodd Mam yn jocôs reit. 'Dwi am wneud llenni mas ohonyn nhw – byddan nhw'n edrych yn wych!'

'Ond DVDs Dad yw'r rheina!' protestiais. 'Pan

ddaw e adre, dyna'r pethau cyntaf fydd e'n chwilio amdanyn nhw! Fe fydd e'n grac!'

'Paid ti â becso am dy dad,' atebodd Mam. 'Hipi yw e nawr, ontefe? Bydd e wrth ei fodd gyda'r math yma o beth. Nawr 'te, dos i'r wardrob yn y stafell wely i nôl pob tei sy 'da fe. Dwi newydd feddwl am ffordd dda o'u defnyddio nhw.'

Roedd meddwl y byddai Dad yn dod yn ôl yn gamgymeriad mawr ar fy rhan i . . .

* * *

Roedd fy sgwrs gyntaf gyda Dad ar Skype yn brofiad rhyfedd iawn. Er 'mod i'n falch o weld ei wyneb, fedrwn i yn fy myw feddwl am y geiriau iawn i ddweud wrtho 'mod i'n ei golli.

'Pam est ti bant?' holais, gan frwydro i ddal y dagrau'n ôl. 'Pam wnest ti'n gadael ni?'

Roedd dagrau yn ei lygaid yntau hefyd wrth iddo ateb. 'Mae'n wir flin gen i, Mali fach,' meddai. 'Roedd dy fam a fi wedi bod yn cael problemau ers sbel, a . . .'

'Ond gallech chi fod wedi dod drwyddyn nhw,' llefais. 'Doedd dim rhaid i ti redeg bant! Pam oedd raid i ti fod yn gymaint o gachgi?'

‘Ro’n i’n gwybod ar y pryd ’mod i’n siomi pawb,’ atebodd, ‘ond allwn i ddim meddwl beth arall i’w wneud.’

‘Pam na ddoi di adre, ’te? Anghofio bod hyn i gyd wedi digwydd.’

Ches i ddim ateb i’r cwestiwn – ac ro’n i’n gwybod bod hynny’n arwydd gwael.

‘Dwi wedi rhoi dolur i ti, Mali fach,’ meddai o’r diwedd. ‘Does dim bai o gwbl arnat ti, cofia. Dwi’n dy garu di gymaint ag erioed – ac mae hynny’n wir am dy fam hefyd. Dyw hynny byth yn mynd i newid.’

Aeth Dad ’mlaen a ’mlaen am sbel eto, ond do’n i ddim yn gwrando. Ar ôl iddo fynd, gorweddais ar fy ngwely a gadael i’r dagrau lifo. Ymhen rhyw awr, penderfynais godi. Sychais fy llygaid a thynnu anadl ddofn. Ro’n i’n teimlo ychydig yn well, a’r cwmwl du oedd wedi bod yn hofran uwch fy mhen wedi dechrau codi. Roedd e’n deimlad rhyfedd iawn . . .

Ar ôl y diwrnod hwnnw, dechreuodd Dad gysylltu’n eitha rheolaidd. Do’n i ddim yn llefain mor aml, ac ambell dro roedden ni hyd yn oed yn chwerthin. Er ei fod e filoedd o filltiroedd i ffwrdd, roedd Dad yn gallu bod mor ddoniol ag erioed. Ro’n innau’n mwynhau gwrando ar ei

straeon am y bobl anhygoel roedd e'n cwrdd â nhw ar ei deithiau.

Ymhen sbel, dechreuais sylweddoli bod gan lawer o blant eraill yn fy nosbarth i rieni oedd ddim yn byw gyda'i gilydd. Roedd mam Betsan wedi marw pan oedd hi'n fabi bach, a dim ond ei thad oedd yn byw gyda hi. Roedd 'na un bachgen nad oedd erioed wedi gweld ei dad. Dwn i ddim pam, ond mae gwybod bod pobl eraill mewn sefyllfa debyg yn gwneud i ti deimlo'n well – fel tasai dy fywyd di ddim mor wahanol wedi'r cyfan.

Wrth i'r wythnosau wibio heibio, roedd pethau'n dechrau newid. Falle nad oedd bywyd yn fêl i gyd, ond doedd e ddim yn teimlo mor rhyfedd – ac mae hynny'n beth da, am wn i.

* * *

Ar ôl gwneud yn siŵr bod popeth roedd Dad yn berchen arno yn y tŷ wedi cael ei dorri'n ddarnau mân, ei ddifetha neu ei roi yn y bin, dechreuodd Mam ddod ati'i hun. Doedd hi ddim cweit fel roedd hi cyn i Dad fynd, ond roedd pethau'n sicr yn well. Am sbel roedd y ddwy ohonon ni'n ddigon hapus yng nghwmni'n

gilydd, a bywyd yn mynd yn ei flaen.

Ond un diwrnod, sylwais fod Mam yn dod yn gyfeillgar iawn gydag Elis, tad Betsan – rhywbeth nad o'n i ERIOED wedi'i ddychmygu . . .

Dechreuon nhw eistedd gyda'i gilydd i wylio Betsan a fi'n chwarae pêl-rwyd. Ro'n i wrth fy modd gan 'mod i wastad yn teimlo'n drist wrth weld Mam yn eistedd ar ei phen ei hun yng nghanol y rhieni eraill. Unwaith neu ddwy, aeth y pedwar ohonon ni i'r caffi gael siocled twym ar ddiwedd y gêm, ac roedd hynny'n hwyl.

Ro'n i'n hoffi sgwrsio gydag Elis – roedd e'n trin Betsan a fi fel oedolion, yn ein holi am wahanol bethau ac yn gwrando'n ofalus ar yr hyn roedd ganddon ni i'w ddweud. Ac roedd Betsan wrth ei bodd hefyd yn gallu treulio mwy o amser gyda Mam. Roedden nhw wastad wedi dod 'mlaen yn dda, ac yn chwerthin ar yr un math o bethau.

Ie, nosweithiau da oedd y rheiny . . .

Ond yna, un dydd Gwener, anfonodd Betsan neges destun ata i yn dweud: *Mae Dad a fi'n dod draw i'ch tŷ chi heno i gael swper. Grêt, ontefe?*

Cŵl! atebais innau. Ro'n i mor ddiniwed – dyna oedd fy nghamgymeriad cyntaf.

* * *

Am saith o'r gloch ar ei ben, clywais gloch y drws yn canu ac es i'w agor. Rhoddodd Betsan a fi gwtsh i'n gilydd, tra bod ein rhieni'n ceisio penderfynu p'un ai i ysgwyd llaw neu roi sws y naill i'r llall, fel mae oedolion yn tueddu i'w wneud. Roedd yr holl beth yn dipyn o embaras, a dweud y gwir, ond rhoddais y bai ar y ffaith fod Elis yn cario lasagne a salad ar y pryd, a Mam yn cario lliain bwrdd a'r blodau roedd hi wedi treulio oriau'n eu trefnu.

Dros y pryd bwyd roedd Betsan a fi mor siaradus ag arfer, ond ar yr adegau prin hynny pan oedden ni'n ddistaw doedd dim siw na miw i'w glywed yn y stafell. Dyw e ddim yn arwydd da pan fyddwch chi'n ymwybodol o sŵn y cyllyll a ffyrc yn taro'r platiau, neu 'glic' y gwres canolog yn troi 'mlaen.

'Wel wir, Catrin, gallet ti ennill gwobr yn Sioe Llanelwedd gyda'r trefniant blodau hyfryd 'na,' meddai tad Betsan.

Dywedodd hynny dair gwaith!

'Dyma'r lasagne mwyaf blasus i mi ei gael erioed, Elis.'

Does gen i ddim syniad sawl gwaith ddywedodd Mam y geiriau yna – ond erbyn y

pumed tro ro'n i wedi colli'r awydd i fyw!

Ar ôl swper, aeth Betsan a fi lan i'm stafell wely i.

'On'd yw e'n grêt bod dy fam di a 'nhad i'n gymaint o ffrindiau?' meddai Betsan. 'Mae'n golygu ein bod ni'n dwy hefyd yn gallu treulio mwy o amser gyda'n gilydd.'

'Ydy, mae e,' cytunais, 'ond maen nhw mor lletchwith, rhywsut. Ro'n i'n meddwl na fydden nhw byth yn stopio siarad am y blodau a'r lasagne. Doedd ganddyn nhw ddim sgwrs ddiddorol o gwbl.'

'Yn hollol – ac roedd e'n waith caled i geisio llenwi'r holl adegau tawel 'na!'

'Ro'n i'n teimlo taw ni oedd yr oedolion, a'n rhieni ni'n dwy fel plant bach yn cwrdd i chwarae gyda'i gilydd am y tro cynta,' dywedais dan chwerthin.

Ddylwn i byth fod wedi cymryd y peth yn ysgafn.

Dyna oedd fy ail gamgymeriad.

* * *

O hynny 'mlaen, dechreuodd pethau symud yn gyflym iawn.

Cafodd Mam dorri'i gwallt yn fyr, er bod Dad wastad yn dweud pa mor bert oedd ei gwallt hir hi.

Dechreuodd ddefnyddio colur am y tro cyntaf ers oesoedd.

Cynigiodd Mam fynd draw i'w tŷ nhw i wneud llenni newydd ar gyfer eu lolfa, a bu wrthi'n brysur yn gwnïo am ddyddiau.

Does gen i ddim syniad sawl gwaith y galwodd Elis heibio'n tŷ ni gan ddweud, 'Ro'n i'n digwydd pasio, felly . . .'

Ac ro'n i wedi syrffedu ar gael lasagne i swper. A bod yn berffaith onest, dwi erioed wedi bod yn hoff iawn o lasagne ta beth!

Yn fuan iawn, doedd dim cyfnodau tawel, annifyr o gwmpas y bwrdd swper. A dweud y gwir, roedd Betsan a fi'n gorfod brwydro am gyfle i ddweud gair – achos, yn sydyn iawn, roedd gan Mam ac Elis *lot fawr* i'w ddweud wrth ei gilydd.

Roedd Betsan a fi'n gwneud ein gorau glas i anwybyddu hyn i gyd. Pan fyddwch chi'n pasio ambiwlans a char heddlu ar ochr yr heol, gallwch chi wneud un o ddau beth – pwyso allan o ffenest y car i sbecian, neu edrych y ffordd

arall. Aeth Betsan a fi am yr ail ddewis – edrych y ffordd arall.

A dyna oedd y trydydd camgymeriad.

Pennod 2

Rhyw dri mis ar ôl y swper cyntaf hwnnw, roedd Betsan a fi'n eistedd ar fy ngwely i'n gwrando ar gerddoriaeth pan glywson ni Mam yn galw o waelod y staer.

'Ferched? Ddewch chi i lawr, plis? Mae gan Elis a fi rywbeth i'w drafod gyda chi.'

'O mam bach!' llefodd Betsan, gan roi ei phen yn ei dwylo.

'Beth sy'n bod?' holais yn bryderus.

'Wel, mae Dad wedi bod yn ymddwyn yn od iawn drwy'r penwythnos,' atebodd Betsan. 'Mae e'n wên o glust i glust drwy'r amser, a bore 'ma roedd e hyd yn oed yn canu yn y gawod!' meddai.

'A beth sy'n bod ar hynny?' gofynnais.

'Mae ganddo fe lais fel brân – dyna beth sy'n bod!' atebodd Betsan.

'Ond dyw hynny ddim yn effeithio arnon ni'n dwy,' dywedais, 'os nad y'n nhw'n bwriadu ein gorfodi i gyfrannu ein harian poced i dalu am wersi canu i dy dad!'

'Paid â siarad yn dwp,' meddai Betsan yn bigog, 'a rho gyfle i mi esbonio.'

'Dwi'n glustiau i gyd . . .'

'Wel, mi fetia i fod Dad a Catrin yn bwriadu mynd â ni'n dwy ar wyliau sgio,' meddai Betsan.

'WAW!' llefais. 'Mae hynna'n gwbl, gwbl . . . aros funud, sut gwyddost ti?'

'Wel, fe ddaeth 'na lyfryn gwyliau sgio drwy'r post y dydd o'r blaen.'

'Dyw hynny'n golygu dim,' dywedais yn siomedig. 'Fe gawson ninnau un hefyd. Dwi'n credu bod pawb yn y stryd wedi cael un.'

'Falle, ond mae Dad wedi addo mynd â fi ar wyliau sgio er pan o'n i tua chwech oed,' meddai Betsan.

'Addewid gwag maen nhw'n galw peth felly,' dywedais yn bendant, 'ac mae oedolion yn arbenigwyr ar wneud y rheiny. Paid â chodi dy obeithion.'

'Ond mae'r cyfan yn gwneud synnwyr nawr,' protestiodd Beth. 'Y llynedd, clywais i Dad yn trafod y peth gyda fy modryb. Dwedodd wrthi y byddai'n hoffi mynd â fi ar wyliau sgio, ond ei fod yn becso y bydden ni'n unig ynghanol yr holl deuluoedd hapus.'

'Ac felly, rwyt ti'n credu . . .' dechreuais, yn llawn cyffro.

'Dwi'n credu bod y pedwar ohonon ni am

fynd ar wyliau gyda'n gilydd. Wedi'r cwbl, rwyt ti a fi'n ffrindiau gorau, ac mae Dad a Catrin yn dod 'mlaen yn grêt, felly byddai'n berffaith! Fe gawn ni amser *gwych*!'

'Waw! Byddai hynny'n anhygoel!' llefais gan neidio ar fy nhraed. 'Dere i lawr staer yn glou cyn iddyn nhw gael cyfle i newid eu meddyliau!'

* * *

Roedd Mam ac Elis yn eistedd wrth y bwrdd, a fedrwn i ddim dyfalu pam bod golwg mor nerfus ar y ddau. Oedden nhw'n ofni na fyddai Betsan a fi'n hoffi'r syniad o wyliau sgio? Twt lol! Doedd dim siawns o hynny!

Roedd Betsan a fi'n wên o glust i glust, ac yn neidio'n gyffrous o un droed i'r llall.

Fe gawn ni hwyl wrth siopa am ddillad, meddyliais. *Pa liw fyddai orau ar gyfer fy siaced sgio newydd i? Mae gwyn yn bert . . . neu falle byddai du yn well? Neu gallai Betsan a fi gael lliwiau gwahanol, a chyfnewid siacedi bob dydd . . .*

Roedd fy meddwl yn bell i ffwrdd pan glywais Elis yn dweud, 'Shwmai, ferched. Steddwch . . .'

Ddywedodd neb air am hydoedd. Beth oedd y

broblem, tybed? Pam na allai Elis a Mam ddweud beth oedd ar eu meddyliau?

O'r diwedd, torrodd llais Mam ar draws y tawelwch. 'Mae hyn braidd yn lletchwith—'

'Ac yn dipyn o syrpréis i chi'ch dwy, falle,' ychwanegodd Elis.

'Ond ry'n ni'n gobeithio y byddwch chi'n hapus o glywed y newyddion,' meddai Mam.

Fedrwn i ddim aros yn dawel am eiliad yn rhagor. 'Wrth gwrs ein bod ni'n hapus!' llefais. 'Ry'n ni wrth ein bodd, on'd y'n ni, Betsan?'

'Beth? Ry'ch chi'n gwybod yn barod?' holodd Mam. 'Ond sut . . ?'

'Nid plant bach y'n ni nawr,' atebodd Betsan. 'Ry'n ni'n gallu gweithio pethau mas droson ni'n hunain, wyddoch chi!'

Yn sydyn, roedd Mam ac Elis yn edrych wedi ymlacio'n llwyr, ac yn gwenu'n hapus.

'Ffiw!' ochneidiodd Elis. 'Rhaid i mi gyfadde, doedden ni ddim yn siŵr sut byddech chi'n ymateb i'r newyddion.'

'Pam na fydden ni'n hapus?' chwarddodd Betsan. 'Beth well na gwyliau sgio gyda fy ffrind gorau yn y byd i gyd?'

'Yn hollol,' cytunais. 'Ry'n ni'n edrych 'mlaen!'

Ro'n i wedi bwriadu dweud llawer mwy, ond wrth weld yr olwg ar wynebau Mam ac Elis, caeais fy ngheg yn glep.

'Sgio?' holodd Elis mewn llais gwan. 'Pwy soniodd am wyliau sgio?'

Dyna dwpsyn ydw i! meddyliais. *Mae'n amlwg 'mod i wedi camddeall yn llwyr. Beth wnaeth i mi feddwl ein bod ni'n mynd ar wyliau?*

Er bod fy ngheg yn agor a chau fel ceg pysgodyn, doedd yr un gair yn dod mas ohoni.

'O wel,' meddai Betsan yn siomedig. 'Nid gwyliau sgio yw'r syrpréis, felly.'

'Ond . . . ond . . . ry'n ni *yn* cael mynd ar drip o ryw fath?' holais yn obeithiol.

Yn sydyn, roedd y wên wedi diflannu oddi ar wynebau ein rhieni, a'r ddau'n wyn fel y galchen.

'Wel,' meddai Mam yn betrusgar, 'does dim byd yn ein rhwystro ni rhag mynd ar drip, sbo, ond . . . wel . . . nid dyna roedden ni wedi bwriadu'i ddweud wrthoch chi.'

'Wel beth 'te?' holais. 'Mas â fe!'

'Mae Elis a Betsan yn symud i mewn,' meddai Mam.

Syllais arni, a 'mhen yn troi. Fedrwn i ddim meddwl yn glir.

'Symud i mewn i ble?' sibrydais er fy mod, yn

fy nghalon, yn gwybod yr ateb i'r cwestiwn.

'Symud i mewn aton ni, wrth gwrs,' meddai Mam.

Fedrwn i ddim anadlu – teimlwn fel tasai rhywun wedi fy mwrw'n galed yn fy mol. Ac yn ôl yr olwg ar wyneb Betsan, doedd hithau ddim yn hapus iawn chwaith.

'Mae'n grêt, on'd yw e?' meddai Elis gan wenu fel giât. 'Mae'r pedwar ohonon ni wedi bod yn treulio cymaint o amser gyda'n gilydd dros yr wythnosau diwethaf, a phawb yn dod 'mlaen yn wych!'

Pylodd ei wên ryw ychydig wrth weld y sioc ar wynebau Betsan a fi, ond aeth yn ei flaen yn llawn brwdfrydedd. 'Beth bynnag,' meddai, 'o hyn 'mlaen fe fydd y pedwar ohonon ni'n byw gyda'n gilydd, fel un . . .'

Clapiais fy nwylo dros fy nghlustiau. Doedd gen i ddim awydd clywed y ddau air olaf. Rhedais lan staer, taflu fy hun i mewn i'r gwely, a llefain fel babi.

Pennod 3

Ar ôl i Betsan ac Elis adael, daeth Mam lan ata i ac eistedd ar fy ngwely. Rhoddodd gwtsh i mi, a gafael yn fy llaw gan fwmian geiriau i 'nghysuro.

Roedd y cyfan yn debyg iawn i'r diwrnod pan adawodd Dad, heblaw taw fi oedd yn y gwely y tro hwn, a doedd dim pacedi creision gwag ym mhobman.

'Dyw'r symud ddim yn mynd i ddigwydd dros nos,' meddai Mam. 'Mae Elis a fi am roi digon o amser i chi'ch dwy gael cyfle i arfer gyda'r trefniadau newydd.'

Faint o amser? Can mlynedd? Mwy?

Sut yn y byd dwi'n mynd i arfer â'r syniad o gael teulu arall yn rhannu'n cartref ni?

* * *

Roedd yr wythnosau nesaf yn gyfnod rhyfedd iawn. Mae ein tŷ ni'n lloches i mi pan dwi'n teimlo'n drist, neu pan mae rhywbeth yn fy mecso, a do'n i ddim yn siŵr o gwbl o'n i am rannu fy lle arbennig gydag unrhyw un – hyd yn oed Betsan. Ond sut gallwn i esbonio hynny iddi

hi, a hithau hefyd yn gorfod gadael ei chartref?

Gwibiodd yr wythnosau heibio, a chyn pen dim roedd diwrnod y symud mawr wedi cyrraedd.

Fel arfer, pan mae Betsan yn aros y nos, mae hi'n rhannu fy ngwely i – ond gan eu bod yn symud i fyw gyda ni, roedd Mam yn meddwl y dylai gael ei stafell ei hun.

'Mae'n bwysig bod gan y ddwy ohonoch chi ddigon o le,' meddai'n bendant.

'Roedd ganddon ni ddigon o le yn barod,' atebais yn bigog. 'Llond tŷ o le bob un, a dweud y gwir.'

'O diar,' ochneidiodd Mam. 'Mae'n mynd i gymryd amser i bawb ddod i arfer. Ond bydd popeth yn iawn os gallwn ni i gyd fod yn garedig wrth ein gilydd.'

Wel, fe wnes fy ngorau glas i fod yn 'garedig'. Rhoddais help llaw i Betsan wrth iddi gario'i stwff i'r stafell wely nesaf at f'un i. Buon ni'n dwy yn brysur yn dadbacio'i dillad, ei llyfrau a'r holl bethau eraill, a'u rhoi i gadw. O'r diwedd, eisteddon ni ar ei gwely heb ddweud gair am sbel. Roedden ni wedi siarad am y symud hyd syrffed, ond nawr ei fod wedi digwydd doedd gen i ddim byd i'w ddweud.

'Mae 'na ffilm dda ar y teledu mewn ychydig funudau,' dywedodd Betsan o'r diwedd. 'Gawn ni fynd i lawr i'w gwylio hi?'

'Pam wyt ti'n gofyn i mi?' gofynnais yn ddidaro. 'Dy gartre di yw hwn nawr, cofia.'

'Mae hyn yn brofiad rhyfedd i ni'n dwy, o'nd yw e?' meddai Betsan, gan roi cwtsh i mi.

'Yn hollol,' dywedais. 'Paid ag ypsetio nawr, ond basai'n well gen i tasai dim o hyn wedi digwydd. Dwi'n falch iawn bod Mam ac Elis yn hapus gyda'i gilydd, ond . . . mae'r holl beth yn . . . t'mod . . .'

'Ydy, mae e,' cytunodd Betsan. 'Yn hollol, hollol . . . t'mod . . .'

* * *

Yn hwyr y noson honno, gafaelais yn fy hen dedi blêr a mynd i stafell Betsan.

'Oes 'na le i Ted a fi?' holais.

Heb ddweud gair gwnaeth Betsan le i ni o dan y dwfe, a buon ni'n gorwedd yn dawel am sbel hir.

'Am beth wyt ti'n meddwl?' gofynnais o'r diwedd.

'Am Mam,' meddai Betsan. 'Ar adegau fel

hyn dwi wir yn colli cael mam.'

'Dwi'n gwybod,' dywedais yn dawel, i geisio'i chysuro.

'Na, dwyt ti *ddim* yn gwybod,' atebodd Betsan. 'Does gen ti ddim syniad. A dweud y gwir, hyd yn oed taset ti'n byw am fil o flynyddoedd fyddet ti ddim yn gwybod sut beth yw e i fod yn fi.'

Ro'n i'n teimlo'n ofnadwy o euog. Anaml iawn mae Betsan yn sôn am ei mam, ond ar yr adegau prin hynny dwi wastad yn teimlo embaras mawr a does gen i ddim syniad beth i'w ddweud. Fel arfer, dwi'n gwrando am ychydig, ac yn newid y sgwrs cyn gynted ag y gallaf. (Ydw, dwi'n gachgi, ond pa ddewis arall sy gen i?)

'Rwyt ti'n berffaith iawn,' sibrydais. 'Does gen i ddim syniad sut rwyt ti'n teimlo – ond mae croeso i ti ddweud wrtha i . . .'

'Mae'n anodd esbonio,' meddai Betsan. 'Y pethau bach bob dydd dwi'n eu colli fwyaf – y pethau dwyt *ti* ddim yn gorfod meddwl amdanyn nhw. Y ffordd mae dy fam yn rhoi sws i ti cyn i ti fynd i'r gwely. Y ffordd rwyt ti'n gorwedd ar y soffa a gorffwys dy goesau ar ei rhai hi. Y ffordd mae hi'n rhoi cwtsh i ti pan wyt ti'n drist.'

'Mae'n wir flin gen i . . .' dechreuais.

‘Nid dy fai di yw e,’ meddai, ‘ond gan y bydda i’n gweld dy fam di bob dydd o hyn ’mlaen, bydd yn fwy anodd i mi. Mae hi bob amser yn fy nghynnwys i ym mhopeth, chwarae teg, ond dyw e ddim ’run fath. Fydd byw yma gyda chi ddim yn gwneud unrhyw wahaniaeth – dyw dy fam ddim yn fy ngharu i fel mae hi’n dy garu di.’

Wnes i ddim dechrau dadlau. Sut gallwn i, gan wybod bod Beth yn dweud y gwir? Dyna pam dwi weithiau’n gallu gweiddi ar Mam, a dadlau gyda hi – dwi’n gwybod y bydd hi’n maddau i mi bob tro. Wedi’r cwbl, fi yw ei merch fach hi.

‘Trueni na ches i erioed gyfle i ddod i nabod Mam,’ meddai Betsan yn drist. ‘Does gen i ddim atgofion ohoni hi o gwbl. Does gen i ddim syniad beth oedd yn gwneud iddi chwerthin, na beth oedd yn ei gwylltio hi. Pa un oedd ei hoff liw, tybed? Wn i ddim.’

‘Gallet ti wastad ofyn i dy dad,’ awgrymais.

‘Dwi’n aml yn gofyn pethau i Dad,’ meddai, ‘ond dyw e’n fawr o help. Yr wythnos diwethaf gofynnais iddo beth oedd hoff fwyd Mam. “Cyrri cyw iâr,” oedd ei ateb.’

‘Ych a fi,’ dywedais, ‘ond o leiaf rwyt ti’n gwybod nawr.’

'Dyna'r pwynt – does gen i ddim syniad. Pan ofynnais yr un cwestiwn fis yn ôl, ei ateb oedd "pastai'r bugail"! Bob tro dwi'n gofyn mae e'n rhoi ateb gwahanol. A bod yn onest, dwi ddim yn credu ei fod e'n gwybod chwaith.'

'Mae'n wir flin gen i,' dywedais eto. Wyddwn i ddim beth arall i'w ddweud.

'Dwi ddim yn rhoi'r bai ar Dad,' meddai Betsan, 'ond trueni na all pethau fod yn wahanol.'

'Ie wir,' cytunais, gan feddwl am Dad ymhell i ffwrdd yn y jyngl yn rhywle, a Mam lawr staer yn gwylio'r teledu gydag Elis.

Dechreuodd Betsan ddylyfu gên yn swnllyd, gan wneud i mi deimlo'n annifyr. Wedi'r cwbl, ei stafell hi oedd hon nawr.

'Galla i aros gyda ti am 'chydig,' dywedais, 'neu . . .'

'Diolch am y cynnig, Mali,' atebodd Betsan, 'ond fe hoffwn i fod ar ben fy hun nawr.'

'Hoffet ti gael Ted yn gwmni i ti?' gofynnais. Ro'n i'n gobeithio'n ddistaw bach y byddai'n gwrthod gan 'mod i byth yn cysgu heb Ted. Ond estynnodd Betsan ei breichiau a gafael ynddo.

'Diolch,' meddai. 'Nos da.'

Rhoddais gwtsh iddi a mynd yn ôl i 'ngwely

oer fy hun. Roedd fy mhen ar chwâl – er bod Mam i lawr staer, a'm ffrind gorau yn y stafell drws nesaf, ro'n i'n teimlo taw fi oedd y plentyn mwyaf unig yn y byd i gyd yn grwn.

* * *

Agorais fy llygaid. Bore Sul – grêt! Dwi wrth fy modd gyda bore Sul!

Bob bore Sul ry'n ni'n cael crempog i frecwast.

Pam, felly, ro'n i'n gallu arogli cig moch yn ffrio?

Neidiais o'r gwely a dechrau rhedeg i lawr y staer. Yn sydyn, cofiais nad dim ond Mam a fi oedd yn y tŷ bellach, ac es yn ôl lan i wisgo fy nghôt nos.

Pan es i mewn i'r gegin roedd Elis yn sefyll o flaen y stof, yn edrych yn rial twpsyn yn ffedog flodeuog Mam. Roedd hithau'n eistedd wrth y cownter, yn darllen papur newydd. Ar y bwrdd roedd 'na blataid o gig moch, selsig a thomatos wedi'u ffrio – a dim golwg o grempog yn unman.

'Beth yw hyn?' holais.

'O, bore da, bach,' meddai Mam. 'Wyt ti wedi codi'n barod?'

'Mae hynny braidd yn amlwg, on'd yw e?' atebais yn bigog.

'Nawr, nawr,' meddai Mam mewn llais melfedaidd – ond roedd yr olwg ar ei hwyneb yn dweud stori arall. 'Mae Elis wedi codi'n gynnar i wneud brecwast i bawb,' ychwanegodd. 'Gwych, yntê?'

'Ond beth am . . .' dechreuais.

'Galla i wneud crempog amser te,' meddai Mam, gan wybod yn iawn beth oedd ar fy meddwl.

'Ond dy'n ni byth . . .'

Edrychodd Elis lan o'r badell lle roedd e'n ffrio wyau. 'Mae'n flin gen i,' meddai. 'Do'n i ddim yn bwriadu tynnu'n groes. Ro'n i'n gobeithio rhoi syrpréis i chi – ond dylwn i fod wedi gofyn yn gynta.'

'Paid â becso, Elis,' meddai Mam yn gysurlon. 'Ry'n ni'n hoffi cig moch a selsig hefyd, on'd y'n ni, Mali?'

Byddwn wedi hoffi rhoi ateb pigog, ond roedd yr olwg ar wyneb Mam yn ddigon i wneud i mi newid fy meddwl. Mewn straeon tylwyth teg, mae'r math yna o olwg yn troi pobl yn frogaod neu'n fadfallod neu rywbeth.

'A dweud y gwir, dwi ddim yn llwglyd iawn,'

dywedais. 'Dwi am fynd yn ôl i'r gwely am sbel.'

Bu bron i mi faglu dros Betsan wrth fynd lan y staer. Am eiliad, ro'n wedi anghofio ei bod hi nawr yn byw gyda ni!

'Ro'n i'n gallu arogli'r brecwast o'm stafell,' meddai gan redeg heibio i mi. 'Iym iym!'

Ddywedais i 'run gair, dim ond cerdded heibio iddi a chau fy hun yn fy stafell wely.

* * *

Rhyw lan a lawr oedd pethau ar ôl hynny.

Peidiwch â 'nghamddeall i – roedd Betsan a fi'n dal yn ffrindiau gorau. Roedd yn cŵl ein bod ni'n cysgu bob nos mewn stafelloedd drws nesaf i'n gilydd. Roedd yn cŵl ein bod ni'n gallu benthyg dillad y naill a'r llall ar unrhyw adeg. Roedd yn cŵl ei bod hi'n gallu fy helpu i gyda gwaith cartref mathemateg, a finnau'n ei helpu hi gyda hanes. Roedd popeth roedden ni'n arfer ei wneud cyn symud i mewn at ein gilydd yn dal i fod yn grêt.

Yr hyn oedd ddim mor cŵl oedd y pethau *nad* oedden ni'n arfer eu gwneud gyda'n gilydd – er enghraifft, eistedd o gwmpas bwrdd y gegin bob fin nos, fel tasen ni'n deulu go iawn.

A doedd e ddim yn cŵl chwaith bod fy nhad i ond yn ymddangos unwaith yr wythnos – a hynny ar sgrin cyfrifiadur, gyda choed palmwydd a mwncïod yn y cefndir.

Roedd yn annheg disgwyl i mi chwerthin am ben jôcs pathetig Elis pan oedd fy nhad i fy hun yn ddim byd ond jôc.

Doedd e ddim yn deimlad braf bod mam Betsan wastad yno yn y cefndir, fel rhyw ysbryd – er taw anaml iawn roedd neb yn sôn amdani.

A doedd e'n sicr ddim yn cŵl bod Mam yn gwneud ei gorau i fod yn fam i Betsan hefyd – roedd hynny'n gwneud Betsan yn grac. Er bod y ddwy wedi dod 'mlaen yn dda gyda'i gilydd tan hynny, er pan roedden ni i gyd yn byw gyda'n gilydd roedden nhw'n trio bod yn bobl wahanol – a doedd e jest ddim yn gweithio.

A'r peth gwaethaf oll oedd hyn – gorfod edrych ar Mam ac Elis yn cydio dwylo ac yn sibrwd yn gariadus wrth ei gilydd. Bryd hynny, ro'n i'n meddwl 'mod i naill ai am chwydu neu farw – neu'r ddau.

Pennod 4

'Fe fydd e'n hollol WYCH, Mali,' meddai Betsan. 'Rhaid i ni fynd!'

'Rhaid? Pam?'

'Am bod Lili'n dweud bod y gigs pnawn yn y Parc Coffa yn hollol cŵl!'

'Dwyt ti ddim hyd yn oed yn hoffi Lili. Ers pryd wyt ti wedi bod â diddordeb mewn gwneud unrhyw beth gyda hi?'

'Ddweda i wrthot ti – byth ers i mi weld ei brawd hi! Waw! Golygus neu beth?! Mae ei fand e'n chwarae pnawn fory am dri – ac mae'n *rhaid* i ni fod yno!'

'Ond mae 'na ymarfer pêl-rwyd ar ôl yr ysgol fory!'

'Paid â becso am hynny – feddylia i am ryw esgus. Fe fydd Mrs Llywelyn yn siŵr o 'nghredu i.'

Roedd Betsan yn iawn – a bod yn deg, roedd yr athrawon i gyd yn glên. Byth ers iddyn nhw glywed am ein trefniadau byw newydd, roedden nhw wedi troedio'n ofalus gyda ni – rhag ofn ein hypsetio, siŵr o fod.

'Ond beth tasai—' dechreuais.

'Gad ti'r cyfan i mi,' meddai Betsan yn

bendant. 'Fe ddweda i wrth Mrs Llywelyn ein bod ni'n gorfod mynd adre'n gynnar oherwydd rhyw "broblem deuluol". Chawn ni ddim trafferth ganddi hi wedyn.'

'Fyddi di ddim hyd yn oed yn dweud celwydd,' dywedais. 'Os bydd Mam yn dod i wybod ein bod ni wedi colli'r ymarfer, fe *fydd* 'na "broblem deuluol" go iawn yn ein tŷ ni! Ac os bydd hi'n clywed 'mod i wedi mynd i'r dre ar ôl yr ysgol, fe fydd hi'n honco bost! Fel y gwyddost ti erbyn hyn, dyw hi ond yn gadael i mi fynd i'r dre pan fydd hi fel rhyw blismon yn martsio wrth fy ochr i wneud yn siŵr nad ydw i'n cael hwyl.'

'Ydw, dwi'n gwybod yn iawn,' atebodd Betsan, 'a'r peth gwaetha yw bod Dad yn dechrau ymddwyn 'run fath â hi. Fe aeth yntau'n honco bost y dydd o'r blaen oherwydd 'mod i wedi anghofio dweud wrtho y byddwn i 'chydig yn hwyr yn dod adre.'

'Rwyt ti'n iawn,' chwarddais. 'Er pan maen nhw'n byw dan yr un to, maen nhw'n copïo arferion gwael ei gilydd – ac mae hynny'n newyddion drwg iawn i ni'n dwy! Felly, falle y dylen ni anghofio'r cyfan am—?'

'Dim gobaith! Mae Lili'n dweud y bydd ei

brawd a'i ffrindie'n siŵr o dreulio 'bach o amser gyda ni ar ôl y gig.'

'Ond chawn ni ddim cyfle i wneud hynny – mae Mam yn disgwyl i ni fod adre erbyn pump o'r gloch.'

'Nag yw ddim. Dwi wedi dweud wrthi 'mod i drwodd i rownd derfynol y cwis llyfrau, ac y byddi di'n dod i 'nghefnogi i. A does dim raid i mi fecso am Dad – mae e'n gweithio'n hwyr ta beth. Ry'n ni'n rhydd tan saith!'

Agorais fy ngheg i ddechrau dadlau, ond ro'n i'n gwybod taw dim ond gwastraffu f'anadl fyddwn i. Dyw Betsan byth yn ildio'n hawdd – ac os oes 'na gitarydd ifanc golygus yn rhan o'r cynlluniau, wel, man a man i mi gau fy ngheg.

* * *

Roedd y diwrnod wedyn wedi dechrau'n drychinebus.

Cafodd Mam a fi glamp o ffrae oherwydd ei bod hi wedi gofyn i mi lenwi'r peiriant golchi llestri cyn mynd i'r ysgol. Dwi'n cyfadde 'mod i wedi codi fy llais, ond dyna fel ro'n i'n teimlo. Er bod Elis yn y stafell hefyd, do'n i'n becso dim – ro'n i'n rhy grac. Yn y diwedd, neidiais o'm sedd

a thaflu fy mowlen i mewn i'r peiriant.

'Dwi'n dy *gasáu* di, Mam,' gwaeddais. 'Dwi wir yn dy *gasáu* di!'

Ddwedodd Mam 'run gair, dim ond gafael yn fy ffôn a'i roi yn un o gypyrddau'r gegin.

'Fe gei di fe'n ôl pan fyddi di'n dangos tipyn o barch,' meddai'n sychlyd. Daeth draw ata i a rhoi ei llaw ar fy ysgwydd – ond tynnais yn ôl fel tasai hi'n fy llosgi i. 'Mae'n flin iawn gen i dy fod ti'n fy nghasáu i, Mali fach,' dywedodd, 'ond fe fydda i wastad yn dy garu di.'

O ble daeth y geiriau twp yna? Oedd hi'n gwneud ei gorau glas i 'ngwylltio i?

Ro'n i ar fin pwnio rhywbeth yn fy nhymer, ond yr eiliad honno clywais lais Betsan yn galw o lan staer.

'Dere, Mali,' gwaeddodd. 'Rhaid i ni frysio. Cofia dy fod ti wedi addo fy helpu i ddewis beth i'w wisgo ar gyfer y cwis llyfrau.'

Os oedd Betsan yn trio helpu, roedd hi'n methu'n drychinebus . . .

'O ie, Mali,' meddai Mam. 'Ro'n i wedi bwriadu sôn am hynna wrthot ti. Pam na wnest tithau gynnig am le yn y tîm cwis llyfrau? Gallet ti fod wedi gwneud tipyn mwy o ymdrech, dwi'n siŵr.'

'Wyt ti'n dweud, Mam, dy fod ti am i mi fod yn debycach i Betsan?' gwaeddais yn grac.

'Rwyt ti'n siarad dwli nawr,' atebodd Mam. 'Nid dyna dwi'n ddweud o gwbl. Dwi jest yn meddwl . . .'

Er nad o'n i'n becso taten beth oedd hi'n feddwl, ro'n i'n sylweddoli nad oedd pwynt i mi ateb yn ôl neu fyddwn i ddim yn cael mynd mas o'r tŷ am wythnosau! Felly rhedais o'r stafell gan gau'r drws yn glep y tu ôl i mi.

* * *

Roedd Betsan yn eistedd ar ei gwely, yn stwffio'i jîns newydd i mewn i'w bag ysgol.

'Pam oeddech chi'n cwympo mas y tro hwn?' holodd.

'Mae Mam yn ymddwyn yn hollol afresymol,' dywedais yn bigog. 'Mae hi wedi cymryd fy ffôn i eto fyth – am ddim rheswm yn y byd.'

'Wir? Am *ddim* rheswm?' gofynnodd Betsan gan wenu.

'Wel, am *bron* ddim rheswm,' atebais. 'Jest oherwydd 'mod i heb lwytho'r peiriant golchi yn syth bìn.'

'Felly fe wnest ti ei hanwybyddu hi? Dyw

hynny ddim yn ddiwedd y byd, siawns.'

Oedais cyn ateb, 'Weeeel, wnes i mo'i hanwybyddu hi yn union . . .'

'Hmm, ro'n i'n amau hynny,' meddai Betsan. 'Beth yn union wnest ti, felly?'

'Falle 'mod i wedi dweud 'mod i'n ei chasáu hi, ac un neu ddau o bethau eraill . . .' cyfaddefais.

'O, Mali fach,' chwarddodd Betsan. 'Pryd wyt ti am ddysgu cau dy geg?'

Roedd Betsan yn swnio fel ryw hen fenyw, a chododd fy ngwrychyn eto. 'Dwyt ti jest ddim yn deall, nag wyt?' bytheiriais. 'Mae Mam yn gwybod yn iawn sut i 'ngwylltio i – a dwi'n siŵr ei bod yn mynd mas o'i ffordd i dynnu'n groes. Mae hi'n gallu 'nhroi i o fod yn ferch gyffredin i fod yn anghenfil gwyllt sy'n cicio a sgrechian a thaflu pethau. Weithiau, dwi'n teimlo ei bod hi'n mwynhau fy ngweld i'n grac. Dwi'n aml yn meddwl bod mamau'n fwy o drafferth nag o . . .'

Stopiais yn sydyn a rhoi fy llaw dros fy ngheg. 'O, mae'n wir flin gen i,' sibrydais.

'Mae'n iawn,' atebodd Betsan, ond roedd y dagrau yn ei llygaid yn adrodd stori wahanol.

'Fi a'm hen geg fawr . . . fe ddylwn i wybod pryd i'w chadw hi ar gau,' dywedais.

Dylwn i wybod yn well, dywedais wrtha i fy hun. *Pryd ydw i'n mynd i ddysgu peidio cwyno am Mam wrth fy ffrind gorau sy wedi colli ei mam ei hun? Dwi mor ddifeddwl . . .*

Edrychais ar y llun ar y cwpwrdd bach wrth ochr y gwely. Ynddo, mae Betsan yn fabi bach, bach, yn swatio'n glyd ym mreichiau ei mam. Mae ei mam yn edrych yn flinedig, a'i gwallt tywyll yn anniben, ond *mor* hapus – fel tasai hi newydd ennill y loteri.

Er bod gan Betsan lwythi o ddillad cŵl a phob math o declynnau electronig, y llun yna yw'r peth mwyaf gwerthfawr sydd ganddi. Ar ôl i'w mam farw, roedd y camera oedd yn cynnwys yr holl luniau o'r ddwy gyda'i gilydd wedi mynd ar goll. A tasai'r tŷ ar dân, byddai Betsan yn achub y llun cyn unrhyw beth, neu unrhyw berson, arall. Wela i ddim bai arni hi – y diwrnod ar ôl i'r llun gael ei dynnu, cwympodd mam Betsan i lawr y staer a bu farw o'i hanafiadau. Dyna'r peth tristaf i mi ei glywed erioed. Weithiau, dwi'n methu deall sut mae Betsan yn gallu byw ei bywyd pan fo rhywbeth mor ofnadwy wedi digwydd ar ei ddechrau.

'Dwi mor, mor sorri,' dywedais eto, gan ddifaru na fedrwn i feddwl am well ffordd o

esbonio sut ro'n i'n teimlo. 'Ydw i wedi dweud wrthot ti erioed pa mor ciwt yw'r llun 'na?'

'Do siŵr, tua miliwn o weithiau!' atebodd Betsan gan godi'r llun a syllu arno. 'Ond paid â becso – rydw innau hefyd yn meddwl ei fod e'n giwt. Mae Mam yn edrych mor browd ohona i – er dwn i ddim pam, chwaith. Dim ond diwrnod oed o'n i, a'r unig bethau ro'n i wedi'u gwneud oedd yfed llaeth a llenwi fy nghewyn! Weithiau, dwi'n—'

'Beth?' dywedais gan dorri ar ei thraws.

'Wel, dwi'n teimlo mor drist bod Mam heb weld popeth sy wedi digwydd i mi ers hynny,' atebodd Betsan. 'Pethe fel cerdded, siarad, nofio, ac ati. Trueni na chafodd fy ngweld yn tyfu lan a gwybod 'mod i wedi troi mas yn iawn.'

'Byddai hi wedi bod *mor* browd ohonot ti,' dywedais i geisio'i chysuro.

'Diolch, Mali. Mae Mam wedi colli holl flynyddoedd fy mhlentyndod i, a nawr bydd hi'n colli fy arddegau hefyd. Mae hi'n colli popeth – a finnau hefyd. Fydda i byth yn gwybod sut un oedd Mam pan oedd hi yn ei harddegau. Pa fath o berson oedd hi – cŵl, doniol, caredig, neu beth? Mae hi'n ddirgelwch llwyr – dirgelwch na alla i byth ei ddatrys.'

'Dwi mor, mor flin,' dywedais eto gan roi cwtsh i Betsan.

'Dwi'n iawn, wir i ti. Nawr dos i bacio dy stwff ar gyfer y gig. Dwyt ti ddim am fod yr unig berson yno mewn gwisg ysgol, nag wyt?'

* * *

Pan aeth y ddwy ohonon ni'n ôl i'r gegin, roedd Mam yn brysur yn glanhau'r ffwrn.

'Mae'n flin gen i, Mam,' dywedais. 'Ddylwn i byth fod wedi dweud pethau mor ofnadwy. Dwi ddim wir yn dy gasáu di, ti'n gwybod hynny, 'n dwyt?'

Rhoddodd Mam glamp o gwtsh i mi, a wnes i ddim meiddio tynnu'n ôl – er ei bod yn drewi o saim a stwff glanhau'r ffwrn.

'Iawn, Mali fach,' ochneidiodd, 'ond ces i fy magu i ddangos parch at fy mam, a dwi'n disgwyl yr un peth gen ti. Dyw e ddim yn ormod i ofyn, nag yw?'

'Ond roeddet tithau'n ddeuddeg oed ar un adeg,' dywedais, gan anwybyddu'r awydd i ychwanegu'r geiriau *tua mil o flynyddoedd yn ôl.* 'Wnest ti 'rioed golli dy limpin a gweiddi ar fy fam?'

'Naddo, sai'n credu,' atebodd Mam.

Wnes i ddim dadlau – doedd dim pwynt. A beth bynnag, ro'n i'n awyddus i gael fy ffôn yn ôl!

'Roedd fy arddegau i'n gyfnod hapus iawn,' meddai Mam, a rhyw olwg freuddwydiol yn ei llygaid. 'Roedd yr hafau wastad yn hir ac yn braf. Ro'n i'n arfer dwyn Blodau'r Grug dy Fodryb Mari, a . . .'

'Beth yn y byd yw Blodau'r Grug?' holais. Doedd gen i ddim diddordeb mewn gwirionedd, ond mae'n debyg bod gwrando ar hen hanes fel hyn yn rhan o 'nghosb!

'Blodau'r Grug oedd enw'r persawr gorau fu erioed,' meddai Mam gan ochneidio, 'ac roedd gan Mari wastad botel wedi'i chuddio mewn drôr. Ro'n i'n defnyddio 'chydig ohono mor aml ag y gallwn – ond wedyn fe ddigwyddodd rhywbeth ofnadwy!'

'Beth, felly?' holais. 'Wnest ti sylweddoli ei fod e'n drewi fel hen sanau?'

'Naddo, siŵr! Roedd arogl hyfryd arno fe – ond am ryw reswm fe benderfynodd y cwmni roi'r gorau i'w gynhyrchu. O, fe fyddwn i'n hoffi ei arogli unwaith eto, i fynd â fi'n ôl i'r dyddiau hapus hynny. Trueni . . .'

Ro'n i'n gwybod o brofiad chwerw bod Mam yn gallu mynd 'mlaen a 'mlaen unwaith roedd hi'n dechrau hel atgofion am yr hen amser. Ro'n i eisoes wedi cael llond bol ar wrando ar ei straeon, felly penderfynais roi cwtsh arall iddi (gan ddal fy anadl rhag arogli'r saim a'r stwff glanhau'r ffwrn!).

Llwyddiant! Rhyddhaodd Mam ei hun o 'ngafael ac estyn fy ffôn o'r cwpwrdd.

'Dangosa dipyn o barch y tro nesa, iawn?' dywedodd.

Wrth weld Mam yn rhoi cwtsh i Betsan hefyd, gallwn deimlo lwmp mawr yn fy ngwddw. Sut roedd Betsan yn gallu dioddef peidio cael cwtsh gan ei mam ei hun? Tybed oedd pob cwtsh gan fy mam i yn ei hatgoffa o'r hyn roedd hi'n ei golli?

'Pob lwc i ti yn y cwis llyfrau, bach,' meddai Mam wrthi. 'Fyddet ti'n hoffi i mi ddod i dy gefnogi di?'

'Diolch am y cynnig caredig, Catrin,' atebodd Betsan gan wenu, 'ond mae pob tocyn wedi'i werthu, mae arna i ofn. Fe gewch chi'r hanes i gyd heno, iawn?'

Ac i ffwrdd â'r ddwy ohonon ni i'r ysgol, a Mam yn sefyll yn y drws yn codi llaw arnon ni.

Pennod 5

Ar ôl i'r gloch ganu ar ddiwedd y pnawn, sleifiodd Betsan a fi i'r toiledau i newid ein dillad, a stwffio'n gwisg ysgol i mewn i'n bagiau.

'Dwi'n nerfus iawn,' cyfaddefais. 'Mae Mam fel rhyw beiriant radar ar hyn o bryd, ac yn fy nala i mas bob tro dwi'n gwneud rhywbeth o'i le.'

'Ti sy'n dychmygu pethe,' meddai Betsan.

'Nage, wir i ti – dwi'n ofni'r gwaetha. Dwi'n casáu dweud celwydd wrthi hi. A ble mae'r cwis llyfrau 'ma, ta beth? Chlywais i neb yn yr ysgol yn sôn gair amdano fe.'

'Does mo'r fath beth yn bod, y twpsyn!' chwarddodd Betsan. 'Rhywbeth i rwystro dy fam rhag amau bod rhyw ddrwg yn y caws oedd e! Nawr brysia – bydd Lili'n aros amdanon ni.'

Erbyn i ni gyrraedd y dre, ro'n i'n dechrau ymlacio tipyn ac yn edrych 'mlaen at y gig.

'Mae hyn braidd yn—' dechreuais, ond torrodd Betsan ar fy nhraws.

'Dere, glou,' hisiodd. 'Rhaid i ni guddio!'

Cyn i mi gael cyfle i ateb, gafaelodd Betsan yn fy mraich, fy nhynnu i mewn i lôn gefn fach a 'ngwthio y tu ôl i sgip ddrewllyd.

'Beth yn y byd sy'n bod arnat ti?' gofynnais. 'Sai'n credu y bydd brawd siwpyr-cŵl Lili'n cymryd diddordeb ynot ti os byddi di'n drewi fel bin sbwriel!'

'Shhh! Paid â dweud gair neu fe fydd hi'n siŵr o dy glywed di!'

'Pwy? Lili? Pam ry'n ni'n cwato oddi wrthi hi?'

Clapiodd Beth ei llaw dros fy ngheg gan sibrwd yn grac, 'Nage, nid Lili, y dwpsen. Dy *fam* sy 'na!'

Bu bron i mi lewygu yn y fan a'r lle! Tasai Mam yn ein dala, byddai'n ddiwedd y byd arna i. Aeth Betsan a fi i'n cwrcwd y tu ôl i'r sgip, a dal ein hanadl wrth i Mam gerdded heibio'n jocôs reit. Ond yna, yn gwbl ddirybudd, safodd yn stond ac edrych o'i chwmpas.

'Beth yn y byd mae hi'n wneud?' sibrydodd Betsan. 'Pam mae hi wedi stopio? Ydy hi'n gallu ein harogli ni neu rywbeth?'

'Synnwn i ddim,' atebais, 'ond os bydd hi'n ein gweld, dyna'i diwedd hi. Byddwn ni'n farw gelain, dwi'n dweud wrthot ti.'

Yn sydyn, gwelais pam fod Mam wedi stopio – roedd rhyw fenyw yn cerdded tuag ati o'r cyfeiriad arall.

'Delyth!' galwodd Mam. 'Wel dyna syrpréis hyfryd!'

'O na . . .' ochneidiais.

'Pwy yw Delyth,' sibrydodd Betsan, 'a pham wyt ti'n ochneidio fel 'na?'

'Mae Mam a Delyth yn perthyn o bell,' atebais. 'Mae hi'n fenyw hyfryd, ond does dim taw arni unwaith mae hi'n dechrau siarad. Fe allen ni fod yma am oriau!'

Ac fel petai Delyth wedi fy nghlywed, dechreuodd siarad fel melin bupur.

'Mae sbel hir ers i ni weld ein gilydd, Catrin fach,' meddai gan roi cwtsh i Mam. 'Mae gen i *gymaint* i'w ddweud wrthot ti – mae'n anodd gwybod ble i ddechrau! Ond yn gynta, gad i mi glywed dy hanes di – oes unrhyw beth cyffrous wedi digwydd i ti ers i ni weld ein gilydd ddiwetha?'

'O na!' sibrydais. 'Gobeithio nad yw Mam am fynd 'mlaen a 'mlaen amdani hi a dy dad, a pha mor hapus a chariadus yw eu perthynas nhw. Wir i ti, fe fydda i'n chwydu dros y lle!'

'Dwi'n teimlo 'run fath yn union â ti,' atebodd Betsan. 'Rhyngon ni'n dwy, fe wnawn ni lanast ofnadwy!'

Tra oedden ni'n sibrwd wrth ein gilydd, roedd Delyth wedi rhoi ei bag siopa ar lawr fel tasai hi'n bwriadu aros yno am amser hir, hir.

Dechreuais edrych o 'nghwmpas i chwilio am ryw ffordd o ddianc. Ym mhen pellaf y lôn fach roedd wal uchel a weiren bigog drosti. Mewn ffilm, byddai'r arwresau wedi dod o hyd i ryw ffordd o ddringo drosti – ond nid ffilm oedd hon, a dim ond merched cyffredin oedden ni. Doedd dim ffordd mas . . .

'Mae hyn yn drychinebus,' meddai Betsan yn ddagreuol. 'Mae'r gig yn dechrau mewn ychydig funudau, ac erbyn i ni ddianc o'r lle 'ma bydd y cyfan ar ben!'

Wyddwn i ddim beth i'w ddweud i'w chysuro, felly rhoddais gwtsh iddi yn y gobaith y byddai'n gwneud i'r ddwy ohonon ni deimlo'n well. Ro'n i'n casáu mynd i drwbwl, ac yn casáu bod mewn lle cyfyng – ac roedd yr arogl o'r sgip yn troi fy stumog.

'Hei!' meddai Betsan yn sydyn. 'Beth yw'r lle yna?'

Roedd hi'n pwyntio at siop fechan ddiraen yr olwg, ei ffenestri'n fudr a'r paent yn plicio oddi ar y drws. Dros y ffenest roedd arwydd di-liw a'r geiriau 'Siop Sami' arno. Rhyfedd nad oedden ni wedi sylwi ar y siop pan redon ni i mewn i'r lôn fach . . .

'Gad i ni fynd i mewn,' meddai Betsan.

'Dyma'n hunig obaith ni.'

'Hy! Wyt ti'n ddigon twp i feddwl eu bod nhw'n gwerthu clogynnau fydd yn ein gwneud ni'n anweledig?' dywedais yn sychlyd.

'Y broblem gyda ti, Mali,' meddai Betsan, 'yw hyn – rwyt ti'n hollol ddi-ddychymyg. Falle bod 'na ddrws cefn i'r siop, a gallen ni ddianc drwyddo heb i dy fam ein gweld.'

Do'n i ddim yn obeithiol iawn, rhaid cyfaddef, ond wrth weld Mam a Delyth yn siarad heb unrhyw arwydd eu bod ar fin tawelu, cytunais i roi cynnig arni.

'Iawn,' dywedais. 'Ti sy'n ennill – does dim i'w golli, sbo.'

Sleifiodd y ddwy ohonom heibio'r sgip a sefyll o flaen y siop. Do'n i ddim yn hoffi golwg y lle o gwbl.

'Mae'r lle 'ma'n codi ofan arna i,' sibrydais.

'P'un wyt ti'n ei ofni fwya?' holodd Betsan. 'Y siop 'ma neu dy fam?'

Doedd dim rhaid i mi ateb y cwestiwn – roedd Betsan yn fy nabod yn rhy dda!

Tynnodd Betsan anadl ddofn a gwthio yn erbyn y drws. Agorodd hwnnw'n sydyn, a baglodd y ddwy ohonon ni i mewn. Gyda rhyw gloch yn canu'n swnllyd uwch ein pennau,

caeodd y drws yn glep ar ein holau.

Gafaelais yn dynn ym mraich Betsan. Wrth i'm llygaid gynefino â'r golau gwan, gallwn weld bod waliau'r siop wedi'u gorchuddio â rhesi ar resi o hen silffoedd cam, a'r rheiny'n llawn dop o boteli gwydr o bob lliw a llun.

'Welais i erioed le tebyg i hwn!' sibrydais wrth Betsan.

'Beth wedoch chi?'

Neidiais mewn braw wrth glywed llais yn dod o rywle tu ôl i mi.

Trois yn araf, heb syniad beth i'w ddisgwyl, ond roedd y dyn a safai yno yn edrych yn hollol gyffredin. Gwisgai siwt, crys gwyn a thei – fel petai e'n gweithio mewn banc neu swyddfa cyfreithiwr. Yn ei law roedd clwtyn lliw arian, ac yntau'n ei ddefnyddio i sgleinio potel wydr las.

'Chlywais i ddim beth wedoch chi,' meddai'r dyn eto. 'Wnewch chi ei ailadrodd?'

Er nad oedd e'n swnio'n grac, ro'n i'n crynu yn fy sgidiau.

'O, dim byd o bwys,' dywedais, gan geisio swnio'n ddidaro. 'Dim ond dweud wrth fy ffrind 'mod i'n teimlo braidd yn od – wedi bwyta rhywbeth, siŵr o fod.'

Edrychodd y dyn arna i, ac roedd yn amlwg

o'r olwg ar ei wyneb ei fod yn gwybod 'mod i'n dweud celwydd. Yn rhyfedd iawn, fedrwn i ddim peidio ag edrych arno – a dyna pryd y sylwais ar ei lygaid. Roedden nhw'n wyrdd llachar, gyda smotiau bach aur ynddyn nhw. Er bod y siop yn dywyll, gallwn eu gweld yn glir, fel petai 'na ryw olau y tu ôl iddyn nhw. Gwenodd y dyn, ond doedd hi ddim y math o wên oedd yn gwneud i chi deimlo'n gysurus.

Ro'n i'n dechrau meddwl y byddai'n well gen i fod yn cuddio y tu ôl i'r sgip ddrewllyd. Ond doedd dim modd i ni symud modfedd gan fod y dyn yn sefyll rhyngon ni a'r drws – a ta beth, mae'n siŵr bod Mam yn dal i siarad ar ben y lôn fach.

'Fel y gwyddoch, ferched, fy enw i yw Sami,' meddai'r dyn, 'ac rwy'n falch iawn o gwrdd â chi. Sut galla i eich helpu chi?'

'Ymmm . . . shwmai?' mentrodd Betsan yn grynedig. 'Ry'n ni'n iawn, diolch . . . a dy'n ni ddim wir eisiau dim byd, jest digwydd galw heibio.'

'Ry'ch chi'n siarad dwli nawr,' atebodd Sami, ac yn sydyn roedd y smotiau aur yn ei lygaid yn fwy llachar fyth. 'Mae pawb eisiau *rhywbeth* . . .'

'Na, wir i chi, mae popeth yn edrych yn

hyfryd,' dywedais gan bwyntio at y rhesi o boteli gwydr lliwgar, 'ond dy'n ni ddim yn chwilio am unrhyw beth arbennig.'

'Cofiwch hyn, ferched,' meddai Sami mewn llais tawel, 'dyw popeth ry'ch chi'n chwilio amdano ddim ar werth.'

'A dweud y gwir, *mae* 'na rywbeth . . .' dywedodd Betsan yn sydyn. 'Mae 'na rywun y tu fas i'r siop nad y'n ni am gwrdd â hi. Mae'n anodd esbonio, ond fe hoffen ni fynd o fan hyn heb iddi hi ein gweld. Oes 'na ffordd arall mas o'r siop, tybed?'

'Aha,' meddai'r dyn gan syllu i mewn i lygaid Betsan, 'ro'n i'n gwybod eich bod chi eisiau rhywbeth. Ac yn ffodus fe alla i helpu.'

Wrth siarad, chwifiodd ei law i gyfeiriad llenni melfed du yng nghefn y siop. 'Mae'r allanfa arall drwy fan'na,' meddai. 'Os ewch chi mas y ffordd honno, fydd neb yn eich gweld. Credwch chi fi, fydd neb yn gwybod eich bod wedi bod yma o gwbl.'

Roedd rhywbeth ynghylch y ffordd roedd e'n siarad yn gwneud i mi deimlo'n annifyr iawn, ond doedd Betsan ddim wedi sylwi. 'Dere, Mali,' meddai, 'awn ni ffordd hyn.'

Roedd Sami'n gwenu'n llydan, a'i ddannedd

gwyn yn disgleirio yn nhywyllwch y siop. 'Ewch drwy'r llenni du a dal i gerdded,' meddai. 'Bydd y drws yn mynd â chi i'r ochr arall.'

I ochr arall beth, tybed? Dyna'r geiriau oedd yn mynd rownd a rownd yn fy mhen, ond roedd Betsan eisoes wedi diflannu. Doedd gen i ddim dewis, felly – do'n i ddim yn bwriadu aros yn yr hen siop sbŵci yma gyda'r dyn, felly gan alw 'Diolch yn fawr am eich help' fe wthiais fy ffordd drwy'r llenni a dilyn fy ffrind.

* * *

Y tu ôl i'r llenni roedd pobman yn dywyll fel bol buwch, heb 'run llygedyn o olau'n treiddio o unman. Roedd yr awyr yn teimlo'n drwchus ac yn dwym, ac arogl sbeis yn gryf ym mhobman. Doedd dim smic o sŵn i'w glywed.

Teimlais rywbeth meddal yn cyffwrdd fy wyneb, a neidiais mewn braw. 'Betsan – ti sy 'na?' sibrydais yn nerfus.

'Ie, fi sy 'ma,' atebodd. 'Paid â becso, mae popeth yn iawn.' Roedd ei llais yn swnio'n wahanol – fel petai hi dan ddŵr, neu'n bell i ffwrdd.

'Popeth yn iawn, wir! Nag yw ddim. Mae'r lle

’ma’n llawer rhy sbŵci i mi. Gad i ni fynd ’nôl, plis. Sai’n becso dim os bydd Mam yn ein gweld ni, a ’nghadw i yn y tŷ am byth bythoedd – dwi jest moyn mynd o fan hyn!’

Gafaelodd Betsan yn fy llaw. ‘Dere gyda fi,’ meddai, ac roedd gwybod ei bod hi yno’n gwneud i mi deimlo ’chydig yn well. ‘Mae’r drws fan hyn. Aros eiliad i mi gael dod o hyd i’r ddolen i’w agor.’

Eiliad neu ddwy’n ddiweddarach clywais ‘glic’ ysgafn, ac yn sydyn cawsom ein dallu gan fflach o olau cryf – fel tasen ni’n sêr o fyd y ffilmiau a channoedd o ffotograffwyr yn tynnu lluniau ohonon ni.

Camodd y ddwy ohonom drwy’r drws. Caeodd hwnnw’n dawel y tu ôl i ni.

Pennod 6

'O mam bach – beth yw'r sŵn ofnadwy 'na?' llefais wrth glywed rhyw gân yn cael ei chanu yn y cefndir. Fedrwn i ddim deall y geiriau i gyd, ond roedd hi'n sôn am binafalau a choed a choffi. Beth yn y byd . . ?

'Chlywais i erioed gân mor erchyll!' dywedais wrth Betsan. 'Plis paid â dweud wrtha i ein bod wedi wynebu'r holl drawma er mwyn clywed band brawd Lili'n canu'r fath rwtsh!'

'Paid â siarad dwli,' atebodd Betsan. 'Nid ei fand e yw hwnna, siŵr – maen nhw'n wirioneddol dda! Mae'r sŵn fel tasai'n dod o draw fan acw, o'r uchelseinydd 'na,' ychwanegodd.

'Dwi ddim yn deall . . .'

'Falle eu bod nhw'n chwarae'r stwff yma tra bod y band yn paratoi,' awgrymodd Betsan. 'Falle taw tric yw'r cyfan, felly pan fydd band brawd Lili'n dod ar y llwyfan bydd pawb yn meddwl eu bod nhw'n wych!'

Roedd fy mhen yn troi, a theimlwn 'mod i ar fin llewygu. I arbed fy hun rhag cwympo, eisteddais yn drwm ar soffa fawr binc ac edrych o 'nghwmpas.

Dyna ryfedd, meddyliais. *Beth yw'r holl blanhigion enfawr 'ma ym mhobman?*

Ro'n i'n teimlo fel taswn i mewn jyngl – ond pa fath o jyngl sy'n cynnwys soffas mawr pinc ac uchelseinyddion yn chwarae caneuon gwael am binafalau? A pha fath o jyngl sy'n ymddangos yn sydyn yng nghanol y lle mae Betsan a fi wedi byw drwy gydol ein hoes?

Doedd y peth ddim yn gwneud synnwyr o gwbl. Roedd fel tasai Betsan a fi wedi cerdded mas o Siop Sami i mewn i fyd cwbl newydd a dieithr.

'Ble ry'n ni?' sibrydais. 'Fues i erioed yma o'r blaen . . . a dweud y gwir, fues i erioed yn unman tebyg i hyn o'r blaen! Cymer ofal,' ychwanegais wrth i Betsan gymryd cam neu ddau ymlaen. 'Wyddost ti ddim beth sy mas 'na – teigrod, llewod, eirth – unrhyw beth!'

'Paid â siarad dwli!' atebodd Betsan – ond sylwais ei bod yn llawer mwy petrusgar erbyn hyn wrth gamu'n nes at y planhigion enfawr. Gafaelodd mewn dwy gangen a'u gwahanu er mwyn gweld beth oedd ar yr ochr draw.

'Beth weli di?' gofynnais yn bryderus gan wneud fy ngorau glas i gadw'r panig o'm llais.

'Dwi'n gweld pobl,' atebodd yn dawel. 'Llwythi o bobl . . .'

'Pa fath o bobl? Ydyn nhw'n edrych yn gyfeillgar? Neu ydyn nhw'n edrych fel y math o bobl fyddai'n . . . ym, *bwyta* pobl eraill? Ydyn nhw'n edrych yn llwglyd? Wyt ti'n meddwl taw cerddoriaeth rhyw ddawns ryfel yw'r sŵn sy'n dod dros yr uchelseinydd?' Er 'mod i'n holi'r holl gwestiynau, ro'n i'n ofni clywed yr atebion!

'Na, sai'n credu eu bod nhw'n edrych yn beryglus,' atebodd Betsan. 'A does neb yn dawnsio ta beth.'

'Wel, beth *maen* nhw'n wneud, 'te?'

Cymerodd Betsan gam arall ymlaen cyn ateb. 'Chredi di mo hyn,' meddai. 'Siopa maen nhw!'

Neidiais ar fy nhraed a gwthio fy hun i sefyll yn ymyl Betsan yng nghanol y planhigyn. 'Diolch byth!' ochneidiais. 'Dy'n ni ddim mewn jyngl wedi'r cwbwl – dim ond mewn canolfan siopa!'

Camodd y ddwy ohonon ni mas o'n cuddfan gan deimlo fel dwy dwpsen!

'Alla i ddim credu'r peth,' dywedais wrth edrych o 'nghwmpas. 'Mae'n amlwg bod yr hen siop sbŵci 'na wedi cael effaith arna i – doedd gen i ddim syniad ble roedden ni!'

'Felly,' meddai Betsan, 'ble yn union rydyn ni?'

'Mewn canolfan siopa, siŵr . . .'

'Ie, ond *pa* ganolfan siopa? Ry'n ni'n gyfarwydd â phob canolfan siopa am filltiroedd, ond mae hon yn gwbl ddierth. Meddylia am y peth, Mali. Ychydig funudau'n ôl roedden ni mewn lôn fach oddi ar y brif ffordd, a nawr ry'n ni mewn rhyw ganolfan siopa od nad y'n ni erioed wedi'i gweld o'r blaen.'

'Rwyt ti'n codi gwallt fy mhen yn siarad fel'na!' protestiais. 'Ond rwyt ti'n iawn – mae rhywbeth mawr o'i le. Falle dylen ni fynd yn ôl? Mae'n siŵr bod Mam wedi mynd erbyn hyn – fe fyddwn ni'n saff wedyn.'

Am unwaith yn ei bywyd, wnaeth Betsan ddim ateb yn ôl. Roedd yn amlwg, felly, ei bod hi'n teimlo 'run mor bryderus â fi.

'Syniad da,' meddai, wrth i'r ddwy ohonon ni frwydro'n ffordd yn ôl rhwng y planhigion. 'Rhaid i ni frysio, neu bydd y gig ar ben cyn i ni gyrraedd. Aros nes byddwn ni'n dweud wrth Lili am y lle 'ma! Gallen ni'n tair ddod yma'n nes 'mlaen . . .'

Yn sydyn, safodd Betsan yn ei hunfan a fedrwn i ddim osgoi taro i mewn iddi.

'Hei!' protestiais. 'Pam wyt ti wedi stopio?'

'Mae e wedi mynd!' llefodd.

'*Beth* sy wedi mynd?' holais mewn penbleth.

'Y drws!' atebodd. 'Y drws yn ôl i mewn i Siop Sami. Dyw e ddim yma!'

'Mae hynna'n amhosib!' atebais yn bigog. 'Rhaid ei fod e yma yn rhywle!'

Ond roedd Betsan yn iawn . . . doedd dim golwg o'r drws yn unman. Roedd y planhigion yn dal yno, a'r soffas mawr pinc (ac un ohonyn nhw'n dal i ddangos siâp fy mhen-ôl lle bues i'n eistedd) – ond y tu ôl i'r soffas doedd dim i'w weld ond wal wen blaen.

'Mae'n rhaid ein bod ni yn y lle anghywir,' dywedais. 'Ry'n ni wedi drysu wrth wrando ar y gerddoriaeth ofnadwy 'na, ac wedi colli'n ffordd. Dere – awn ni i chwilio eto.'

Ond er i ni gerdded 'nôl a 'mlaen i sawl cyfeiriad, doedd dim golwg o ddrws yn unman.

'O wel,' dywedodd Betsan o'r diwedd, 'man a man i ni roi lan. Does gen i ddim awydd gweld Sami eto, ta beth. Rhaid bod rhyw ffordd arall mas o'r lle 'ma. Dere . . .'

Wrth i ni gerdded o'r jyngl ffug, estynnodd Beth ei ffôn o'i phoced. 'Gwell i mi ffonio Lili,' meddai, 'a dweud wrthi am aros amdanon ni. Gyda 'bach o lwc, fyddwn ni ddim yn colli llawer o'r gig.'

Ond er iddi bwyso'r rhifau sawl tro, methodd

gael y ffôn i weithio. 'Mae'r ffôn 'ma'n anobeithiol,' cwynodd. 'Hen bryd i mi gael un newydd. Wnei di gysylltu gyda Lili ar dy ffôn di?'

Ond ches innau ddim lwc chwaith, er i mi roi cynnig arni sawl gwaith. Edrychodd y ddwy ohonon ni ar ein gilydd – pam yn y byd roedd y ddau ffôn wedi stopio gweithio ar yr un pryd yn union? Er 'mod i'n gwneud fy ngorau glas i beidio panicio, roedd rhywbeth mawr o'i le . . .

Aeth dau blentyn heibio i ni, gan syllu'n gegrwth ar y ffôn a sibrwd wrth ei gilydd.

'Beth sy'n bod?' holodd Betsan yn bowld. 'Smo chi erioed wedi gweld ffôn symudol o'r blaen?'

Dechreuodd y plant chwerthin yn uchel, a cherdded yn eu blaenau.

'Dwi wir ddim yn hoffi'r lle 'ma,' cyfaddefais. 'Mae 'na rywbeth od iawn yn ei gylch e rhywsut.'

'Dwi'n cytuno,' meddai Betsan, 'a dwi am ofyn rhywbeth i ti . . . pam yn y byd mae pawb yn gwisgo dillad tebyg i'r rhai sy yn hen albwm lluniau dy fam?'

'Hmmm . . .' dywedais. 'Rwyt ti'n iawn – feddyliais i ddim am hynny. Falle'n bod ni wedi crwydro i mewn i ŵyl sy'n dathlu ffasiwn rhyw gyfnod arbennig. Byddai hynny'n esbonio llawer

– ac yn beth eitha cŵl hefyd. Gallen ni . . .'

'Edrycha drwy'r ffenest acw,' meddai Betsan. 'Pam mae'r holl geir yn edrych fel tasen nhw wedi dod mas o hen ffilm?'

Er nad o'n i am gyfadde hynny wrth Betsan, ro'n i'n dechrau becso go iawn erbyn hyn. Penderfynais ofyn am help gan ryw fenyw glên yr olwg oedd ar fin cerdded heibio.

'Esgusodwch fi,' dywedais. 'Allwch chi ddweud wrtha i beth yw enw'r ganolfan siopa 'ma, a sut gallwn ni fynd mas o'ma?'

Gwenodd y fenyw'n garedig, a dweud, 'O druan ohonoch chi'ch dwy. Ar goll, ife? Wel, Canolfan Siopa'r Felin yw hon – ac ydy, mae e'n gallu bod yn lle dryslyd. Os daliwch i gerdded ffordd hyn, byddwch yn dod mas ar y brif heol – neu os ewch chi i'r cyfeiriad arall, mae 'na ffordd mas i Stryd y Felin. Iawn, bach? Joiwch weddill y dydd!'

Diolchais iddi, ac i ffwrdd â hi yn fân ac yn fuan i ganol y dorf.

'*Mae'r* lle 'ma'n newydd, felly,' dywedais wrth Betsan, 'ond sai'n deall pam nad y'n ni wedi clywed amdano . . . wyt ti'n meddwl bod Mam yn ei gadw'n gyfrinach rhag i ni fod eisiau dod yma i wario'n holl arian poced?'

Ddwedodd Betsan ’run gair.

‘Ta beth,’ ychwanegais, ‘byddai’n well i ni fynd mas i Stryd y Felin – mae fan’no’n agosach at y Parc Coffa. A gwell i ni frysio, neu bydd Lili’n meddwl nad y’n ni’n dod wedi’r cwbl. Dere, Betsan.’

Dechreuais gerdded, heb sylwi i ddechrau nad oedd hi’n fy nilyn i. Pan drois i chwilio amdani, cefais fraw – roedd hi’n wyn fel y galchen ac yn crynu fel deilen.

‘Beth sy’n bod?’ gofynnais. ‘Beth sy wedi dy ypsetio di?’

‘Dwi wedi clywed am Ganolfan Siopa’r Felin,’ sibrydodd.

‘Beth?! Pam nad oes neb wedi sôn wrtha i am y lle? Am hen dric cas! Dwi’n gwybod bod Mam yn meddwl dy fod ti’n grêt oherwydd y busnes cwis llyfrau ’na, ond dyw hynny—’

‘Dad soniodd wrtha i am y lle. Pan oedd e’n ifanc, roedd e a chriw o ffrindiau’n cwrdd fan hyn yn aml – roedd e’n lle cŵl bryd hynny. Dyma lle gwrddodd e â Mam. Ond . . .’

‘Ond beth?’ holais yn ddiamynedd.

‘Na, na, fedra i ddim credu . . .’

‘*BETH?!*’

‘Dwedodd Dad wrtha i bod y ganolfan gyfan

wedi llosgi'n ulw . . . dros ugain mlynedd yn ôl!'

Syllais yn gegrwth arni cyn dweud, 'Ond os yw hynny'n wir, sut ry'n ni'n sefyll yma nawr? Ydy'r lle wedi cael ei ailadeiladu o'r newydd? Ac os felly, pam nad y'n ni'n gyfarwydd ag e?' Roedd y cwestiynau'n chwyrlïo o gwmpas fy mhen.

'Na,' atebodd Betsan o'r diwedd. 'Chafodd y lle mo'i ailadeiladu. Gan fod sawl person wedi colli eu bywydau yn y tân, penderfynodd y Cyngor na fyddai adeilad arall byth yn cael ei godi ar y safle. Yn lle hynny, cafodd ei droi'n barc.'

'Parc Coffa, sbo?' gofynnais, gan ddisgwyl i Betsan chwerthin am fy mhen.

Ond wnaeth hi ddim . . . yn lle hynny, rhedodd i mewn i siop bapur newydd gyfagos a chodi copi o'r papur lleol. Wrth iddi gymryd cipolwg ar y dudalen flaen, roedd y sioc yn amlwg ar ei hwyneb.

'Wnei di byth gredu hyn,' meddai'n grynedig. 'Y dyddiad heddiw yw 26 Gorffennaf 1984.'

Pennod 7

Hanner awr yn ddiweddarach, roedd Betsan a fi'n ôl yn eistedd ar y soffas pinc. Ro'n i'n teimlo'n benysgafn, fel taswn i newydd fod ar ryw chwyrligwgan anferth mewn ffair. Buon ni'n siarad am hydoedd, ond doedd dim byd yn gwneud synnwyr. Dyw teithio drwy amser *ddim* yn gwneud synnwyr, heblaw mewn ffilmiau a llyfrau. Fel arall, mae e jest yn amhosib.

Ond sut arall y gallen ni esbonio'r ffaith ein bod wedi cwympo'n ôl o'n bywydau go iawn, a glanio yn 1984?

Ymhen sbel, neidiodd Betsan ar ei thraed. 'Dyw siarad yn ddiddiwedd ddim yn mynd i newid unrhyw beth,' meddai, 'ac mae'r gerddoriaeth 'ma'n mynd ar fy nerfau i. Does gyda ni ddim dewis ond mynd mas yna.'

'Mas i ble?' holais.

'Mas i fan'na,' meddai, gan chwifio'i dwylo i gyfeiriad y planhigion enfawr. 'Mas i'r byd mawr yn 1984.'

'A gwneud beth yn union?'

'Sda fi ddim syniad ar y foment, ond ry'n ni'n siŵr o feddwl am rywbeth.'

Gwthiodd Betsan ei ffordd rhwng y planhigion, a golwg benderfynol ar ei hwyneb fel tasai hi'n gwybod yn iawn i ble roedd hi'n mynd.

Dilynais innau. Wel, pa ddewis arall oedd gen i?

* * *

Chymerodd neb sylw ohonon ni wrth i ni gerdded 'mlaen. Roedd y gerddoriaeth swnllyd yn erchyll, ond yn sydyn stopiais yn stond a gwrando.

'Hei, dwi'n nabod y gân yma, "Hysbysebion" gan Maffia,' dywedais. 'Mae Dad yn hoff iawn ohoni,' ychwanegais mewn llais bach trist.

Meddyliais tybed beth oedd ar feddwl Dad yn 1984. Oedd ganddo unrhyw syniad y byddai ganddo ferch rhyw ddiwrnod – a phan oedd hi'n wyth oed y byddai'n ei gadael ar ôl a mynd i Affrica i fyw fel hipi?

Sylwodd Betsan ar y tristwch yn fy llais, a rhoddodd gwtsh i mi. 'Mae'n flin gen i,' sibrydodd.

'Paid â becso,' dywedais, 'dwi'n eitha hoff o'i chlywed bob nawr ac yn y man – mae'n f'atgoffa i o Dad.'

Ychydig funudau'n ddiweddarach, syllodd y ddwy ohonon ni ar fenyw oedd yn cerdded

heibio, ei gwallt fel llwyn mawr ar ei phen ac yn stiff fel brwsh llawr.

'O'r nefoedd!' llefodd Betsan ar ôl iddi fynd yn ddigon pell. 'Welaist ti erioed y fath steil gwallt? Ond mae'n debyg taw dyna beth oedd yn ffasiynol yn yr 1980au!'

'Ie, siŵr o fod,' cytunais, 'ond os bydda i byth yn edrych yn debyg i'r fenyw 'na, dwi'n rhoi caniatâd i ti fy saethu i yn y fan a'r lle!'

'Ha ha, doniol iawn,' chwarddodd Betsan. 'Ond yn y sefyllfa ry'n ni ynddi, mae'n bosib nad steil gwallt fydd ein problem fwyaf. Nawr 'te, gad i ni chwilio am ffordd mas o'r lle rhyfedd 'ma.'

Wrth gerdded i gyfeiriad yr allanfa, roedden ni'n cymryd diddordeb yn y nwyddau yn ffenestri'r siopau – yn enwedig y siopau dillad, wrth gwrs!

'Pwy yn y byd sy'n gwisgo'r pethe erchyll 'ma?' dywedais gan sefyll o flaen ffenest yn llawn o grysau hyll mewn lliwiau llachar. Ac wrth droi oddi wrth y ffenest fedrwn i ddim peidio â syllu ar fachgen oedd yn gwisgo trowsus fel petai wedi'i wneud o liain bwrdd patrymog.

Y funud nesaf, cerddodd menyw heibio i ni yn gwisgo siaced ag ysgwyddau anferth oedd yn edrych fel tasen nhw wedi'u cynllunio ar gyfer

chwaraewr pêl-droed Americanaidd.

Fedren ni ddim peidio â chwerthin wrth weld yr holl ffasiynau rhyfedd, ond yn sydyn safodd Betsan yn ei hunfan a bu bron i mi fwrw i mewn iddi.

'Edrycha o dy gwmpas, Mali,' sibrydodd.

'Edrych ar beth?'

'Ar y bobl o'n cwmpas ni – maen nhw'n syllu arnon ni, ac yn chwerthin am ein pennau!'

'Ond pam bydden nhw'n gwneud hynny? Nid ni yw'r rhai od! Dwi'n gwisgo fy jîns newydd sbon a . . .'

Edrychais o 'nghwmpas, a sylweddoli bod Betsan yn iawn. Wrth gerdded heibio i ni, roedd pawb yn syllu rhyw fymryn yn rhy hir ar ein dillad, ein sgidiau a'n gwalltiau . . . ac yn chwerthin.

Dechreuais feddwl falle nad oedden ni mor cŵl ag oedden ni'n feddwl, wedi'r cwbl!

* * *

O'r diwedd fe gyrhaeddon ni ben pella'r ganolfan siopa a sefyll am eiliad o flaen y drysau anferth.

'Beth am i ni fynd adre i weld ein tŷ ni?'

awgrymodd Betsan. 'Byddai hynny'n hwyl!'

'Ond allwn ni ddim,' atebais. 'Dyw e ddim hyd yn oed wedi cael ei adeiladu eto! Mae'n debyg nad oes dim byd yno ond coedwig, neu gae, neu faes parcio neu rywbeth.'

'Sut galli di fod mor siŵr?'

'Oherwydd bod gan Mam lun hollol erchyll ohona i yn sefyll o flaen tŷ sy ar hanner ei godi – a dwi'n gwisgo cewyn.'

'O! Ych a fi!' llefodd Betsan. 'Ond a dweud y gwir mae'r holl fusnes 'ma yn codi ofan arna i. Dwi ddim yn hoffi'r syniad o fod yn ddigartre. Beth am dŷ dy fam-gu, 'te? Roedd hwnnw'n sicr wedi'i adeiladu . . . ac mae e'n agos i fan hyn, on'd yw e?'

'Ydy, mae e,' cytunais. 'Roedd Mam-gu'n byw yn y tŷ yn 1984, ac mae hi'n dal i fyw yno. Symudodd Tad-cu a hithau i mewn yn syth ar ôl priodi, dros hanner can mlynedd yn ôl.'

'Gwych! Beth am i ni alw i'w gweld hi?'

'Wel am syniad twp!'

'Pam? Beth yw'r broblem?'

'Meddylia am y peth. Beth wnawn ni ar ôl cyrraedd yno? Ddylwn i fynd lan ati a dweud, "*Helô, Mam-gu, chredi di byth mo hyn, ond fi yw dy wyres ddeuddeg oed di; iawn, smo i wedi cael fy*

ngeni eto, ond manylyn bach dibwys yw hwnnw. Dyma fy ffrind gorau, Betsan – a dyw hi chwaith ddim wedi cael ei geni eto. O, a gyda llaw, mae tad Betsan yn byw gyda fy mam i, ond fe ddweda i'r hanes hwnnw rywbryd eto. Os nad y'ch chi'n rhy brysur, bydden ni'n dwy yn hoffi aros yma am sbel nes i ni weithio mas sut i neidio 'mlaen mewn amser i'r cyfnod ry'n ni'n perthyn iddo." Nawr 'te, Betsan, falle taw fi sy'n od, ond dyw hwnna ddim yn swnio'n gynllun da iawn i mi.'

'Doniol iawn,' atebodd yn sychlyd. 'A dwi'n cymryd bod gen ti syniad gwell?'

Nac oedd, fel mae'n digwydd, ond do'n i ddim am gyfaddef hynny . . .

'Gallen ni aros yn y ganolfan 'ma am sbel, a gwneud tipyn o siopa,' awgrymais.

'Wyt ti wedi gweld *unrhyw* beth y byddet ti'n hoffi ei brynu?'

'Wel . . . naddo . . .'

'Felly, beth am i ni fynd draw i dŷ dy fam-gu a cheisio gweithio pethe mas tra byddwn ni yno?'

'Ie, sbo . . . o leia ry'n ni'n nabod Mam-gu, a byddai bod gyda hi'n well o lawer na bod yng nghanol pobl ddierth sy'n syllu a chwerthin arnon ni. Maen nhw'n gwneud i mi deimlo'n annifyr iawn.'

Doedd e ddim yn gynllun gwych.

Doedd e ddim hyd yn oed yn gynllun da.

Ond gan nad oedd gan Betsan na fi unrhyw beth gwell i'w gynnig, dechreuon ni gerdded i gyfeiriad tŷ Mam-gu, yn union fel cymeriadau mewn rhyw stori dylwyth teg.

Pennod 8

Fel arfer, mae'r daith o Stryd y Felin i dŷ Mam-gu yn cymryd tua deng munud, a doedd dim byd yn anarferol ynghylch y llwybr gymerodd Betsan a fi y diwrnod hwnnw.

Cerddon ni drwy ddrysau'r ganolfan siopa, ac ar y dechrau roedd popeth i'w weld yn iawn. Roedden ni'n falch o adael sŵn byddarol y gerddoriaeth ar ôl, a mwynhau cerdded yn yr awyr iach. Yn sydyn, teimlwn yn hapus ac yn llawn antur.

'Mae hyn yn grêt,' dywedais. 'Beth am i ni fynd y ffordd yma, heibio'r . . .' A stopiais yn sydyn.

'Heibio beth?'

'Ro'n i ar fin dweud "heibio'r sinema" – ond mae'n amlwg nad yw e wedi cael ei adeiladu eto.'

'Ry'n ni'n ôl yn 1984, cofia,' meddai Betsan. 'Bydd popeth yn edrych yn wahanol i'r hyn ry'n ni'n gyfarwydd ag e.'

Edrychais ymhellach i lawr y ffordd a dweud, 'Pan fyddwn ni wedi mynd heibio'r sinema lle does dim sinema, gallwn groesi'r hewl wrth yr orsaf betrol sy'n edrych fel cae – ac yna troi i'r

chwith wrth y siop ffonau symudol sy'n debyg iawn i sied ar fin cwympo . . .'

'Dwi ar goll yn llwyr,' chwarddodd Betsan. 'Gobeithio, felly, bod dy synnwyr cyfeiriad di cystal bob tamed â dy synnwyr digrifwch di!'

'Does ond un ffordd o ffeindio mas,' dywedais, gan arwain y ffordd ar gam nesaf ein hantur.

* * *

Buan iawn y daethon ni i arfer gyda'r llefydd cyfarwydd-ond-gwahanol, ac aethom yn ein blaenau'n reit jocôs.

Ymhen sbel, tynnais fy ffôn mas ac edrych arno. 'Na, dim derbyniad eto fyth,' dwedais. 'Beth amdanat ti?'

'Na, does dim gen i chwaith,' atebodd Betsan. 'Mae hynna mor . . .'

'O na!' llefais. 'Dyw ffonau symudol ddim wedi cael eu dyfeisio eto!'

'Wrth gwrs! Dylen ni fod wedi meddwl am hynny!' atebodd Betsan. 'Mae Dad wastad yn mynd 'mlaen a 'mlaen ei fod e a'i ffrindie'n byw yn hapus heb ffôn slawer dydd.'

'Ond *sut* oedden nhw'n byw?' holais. 'Sut

oedden nhw'n dod i ben heb allu cysylltu â'i gilydd bob eiliad o bob dydd?'

'Sdim syniad gen i,' atebodd Betsan, a golwg syn ar ei hwyneb.

'Ry'n ni bron â chyrraedd tŷ Mam-gu,' dwedais ymhen sbel. 'Dim ond rownd y gornel mae e – y tŷ cyntaf. Mae'n hawdd ei nabod gan fod 'na goed uchel yn tyfu o'i gwmpas. Pan o'n i'n fach, fe adeiladodd Tad-cu dŷ i mi yn un o'r coed.'

'Sai'n cofio unrhyw dŷ mewn coeden,' meddai Betsan.

'Fe gafodd ei chwythu i lawr mewn storm, a bues i'n llefain am wythnose!' dywedais.

Wrth i ni droi'r gornel, stopiais yn sydyn.

'Ife hwn yw'r tŷ?' holodd Betsan yn ansicr.

Ysgydwais fy mhen. 'Nage . . . ie . . . wel . . . mae hwn yn y lle iawn, ac yn edrych rywbeth yn debyg i dŷ Mam-gu . . . ond mae'r coed wedi mynd . . . falle . . . sai'n gwybod . . .'

Cerddon ni ychydig yn nes, ac edrychodd Betsan dros y wal frics isel. 'Ife'r rhain yw'r coed uchel roeddet ti'n sôn amdanyn nhw?' gofynnodd gan wenu.

Edrychais dros y wal ar ryw goed ifanc gwantan yr olwg oedd prin cyn uched â

’mhengliniau i. Nid fel hyn ro’n i’n eu cofio nhw! Edrychais yn fwy manwl ar y tŷ ei hun – edrychai’n sgleiniog a newydd, ac roedd y drws ffrynt yn goch llachar yn hytrach nag yn las. Ond, er hynny, tŷ Mam-gu oedd e – ro’n i’n sicr o hynny.

‘Mae amser yn newid popeth, sbo,’ meddai Betsan wrth weld yr olwg ddryslyd ar fy wyneb.

Daeth rhyw dristwch mawr drosta i. Teimlwn fel tasai rhywun wedi cymryd yr hen Ted annwyl, bratiog, blêr oddi arna i, a’i gyfnewid am y tedi-bêr newydd, smart ges i ar fy mhen blwydd yn bedair oed.

‘Beth hoffet ti wneud nawr?’ holodd Beth.

‘Sdim syniad gen i. Ti oedd yn awyddus i ni ddod yma. Beth wyt ti’n gynnig?’

‘Gallen ni wastad ofyn i dy fam-gu am help i fynd ymlaen i’r dyfodol,’ awgrymodd Beth.

‘Sai’n credu, rhywsut,’ dywedais gan ysgwyd fy mhen. ‘Mae Mam-gu’n grêt am wneud llwythi o bethau defnyddiol – gwau a gwnïo, pobi teisen, gwneud cawl – ond sai’n credu y bydd hi’n gwybod rhyw lawer am deithio drwy amser!’

Cyn i’r un ohonon ni gael cyfle i feddwl am syniad arall, daeth rhyw sgrech annaearol o gyfeiriad y tŷ.

Trodd Betsan ata i a'i llygaid fel soseri yn ei phen. 'Mae'n swnio fel tasai rhywun yn cael ei ladd mewn fan'na!' meddai. 'Wyt ti'n meddwl y dylen ni fynd i chwilio am help?'

Clywsom sgrech arall, ac wedyn sŵn llais oedolyn yn siarad mewn llais tawel, araf. Ond roedd y sgrechiadau'n dal i ddod, a gallai'r ddwy ohonon ni glywed yr ychydig eiriau olaf: '. . . DWI'N DY GASÁU DI! DWI'N DY GASÁU DI!' Dilynwyd hynny gan lais yr oedolyn yn dweud, 'Ond bydda i wastad yn dy garu di.'

Gwenais. Ble ro'n i wedi clywed yr union eiriau yna o'r blaen, tybed?

Clywsom sŵn drws yn cau'n glep, ac yn sydyn ymddangosodd merch wrth ochr y tŷ. Roedd ganddi fop o wallt, a gwisgai bâr o dyngarîs melyn a chrys gwyn â choler fawr. Safai yn ei hunfan yn anadlu'n drwm, fel tasai hi bron â marw eisiau bwrw rhywun neu rywbeth.

'Mae'n hen bryd i ni fynd o'r lle 'ma,' sibrydais, ac ro'n i wrthi'n camu'n ôl pan afaelodd Betsan yn dynn yn fy mraich.

''Drycha ar y ferch 'na,' meddai'n gyffrous, 'smo ti'n meddwl taw—'

'Na! Na!' llefais. 'All hyn ddim bod . . . ydw i'n breuddwydio?'

Sefais yn fy unfan am sawl munud, fy mhen yn troi wrth syllu ar y ferch. Trodd hithau a dechrau cerdded tuag atom a golwg wyllt ar ei hwyneb.

'Wyt ti'n meddwl y bydd hi'n ein nabod ni?' gofynnodd Betsan.

'Na, sai'n credu,' dywedais gan ysgwyd fy mhen. 'Sut gallai hi? Smo hi erioed wedi'n gweld ni. Dy'n ni ddim wedi cael ein geni eto!'

Wrth i'r ferch ddod yn nes ac yn nes, teimlwn awydd i redeg bant a chuddio – ond roedd fel tasai rhywun wedi gludo fy nhraed i'r llawr.

'Ar beth wyt ti'n syllu?' gofynnodd y ferch yn bigog.

Ond roedd fy nhafod hefyd yn sownd yn fy ngheg. Fedrwn i ddim dweud gair wrth weld llygaid fy mam yn syllu arna i o wyneb merch yn ei harddegau.

Roedd llais fy mam i'w glywed yn dod o wefusau oedd wedi'u gorchuddio â lipstig pinc golau, yn llawn glityr.

Yn waeth na dim, roedd clamp o sbotyn mawr coch, poenus yr olwg, ar ên fy mam.

Roedd fy mam bedair ar ddeg oed yn cerdded tuag ata i . . . a ches i erioed brofiad mor erchyll yn fy mywyd!

Sut gallai'r ferch hon fyth ddychmygu ei bod hi'n edrych ar ei merch ei hun, oedd heb gael ei geni eto, a'i ffrind gorau hithau?

Oedd ganddi hi unrhyw syniad y byddai'n edrych yn wahanol iawn ymhen blynyddoedd – ei gwallt yn llwyd, a'i phen-ôl mawr yn ysgwyd wrth iddi redeg?

Tybed a fyddai hi'n marw o gywilydd yn y fan a'r lle tasai hi'n gwybod y byddai, ryw ddiwrnod, yn cael sgwrs ugain munud am ba fath o hylif golchi llestri oedd y gorau? Neu tasai hi'n gwybod y byddai hi, maes o law, y math o fenyw oedd yn credu bod treulio diwrnod yn y ganolfan arddio leol yn hwyl ac yn antur?

Safodd y ferch yn ei hunfan o flaen Betsan a fi, a phlethu'i breichiau'n herfeiddiol. Am eiliad, yr unig sŵn i'w glywed oedd tincial y clychau bach oedd yn hongian oddi ar y fodrwy ar fys fy mam, lle dylai ei modrwy briodas fod.

'Wel?' meddai. 'Beth sy 'da chi'ch dwy i'w ddweud?'

Edrychais ar Betsan i ymbil am help, ond roedd hi yn ei dyblau'n chwerthin fel ffŵl.

'Stopia hynna!' llefais. 'Alli di plis ddweud wrth fy . . . wrth y ferch 'ma pam ry'n ni yma?'

Chwarae teg iddi, fe wnaeth Betsan ei gorau

glas i reoli'r chwerthin cyn dweud gair. 'Mae'n flin gen i am hynna,' meddai o'r diwedd, 'fe gofiais i am ryw jôc ddoniol . . .'

A bod yn onest, doedd fy mam 14 oed ddim yn edrych fel tasai ganddi lawer o synnwyr digrifwch, ond falle ein bod wedi ei dal ar adeg anffodus.

'Pam ry'ch chi'n dwy'n syllu i mewn i'n gardd ni?' gofynnodd yn bigog. 'Credwch chi fi, does *dim byd* diddorol i'w weld yma.'

Gwenodd Betsan yn llydan. 'Mae'n flin gen i am hynna hefyd,' meddai. 'Ti'n gweld, mae . . . Mali a fi . . . wel . . . ry'n ni wedi colli . . . ym, ym . . . ein ci bach, a meddwl roedden ni falle ei fod wedi rhedeg i mewn i'r ardd 'ma.'

Gwenodd y ferch wrth glywed hyn, ac yn sydyn roedd hi'n edrych yn debycach i'r fam ro'n i'n ei nabod a'i charu.

'Dwi'n *dwlu* ar gŵn bach,' meddai. 'Fe ddo i gyda chi i chwilio amdano os chi'n moyn.'

Edrychodd Betsan a fi ar ein gilydd, a heb ddweud 'run gair dringodd y ddwy ohonon ni dros y wal ac esgus chwilio am gi bach oedd ddim yn bodoli.

* * *

'Catrin ydw i,' meddai Mam, gan estyn ei llaw tuag ataf.

Doedd gen i ddim syniad sut i ymateb – ddylwn i ysgwyd ei llaw neu ei chusanu? Beth, tybed, oedd pobl yn ei wneud yn 1984? Estynnais innau fy llaw, a dychmygwch yr embaras pan sylweddolais i taw dim ond edmygu ei modrwy roedd Mam! Roedd yn rhy hwyr i dynnu fy llaw yn ôl, felly ysgydwais ei llaw a theimlo'n annifyr iawn.

'Mali ydw i,' dywedais gan ryddhau fy llaw, 'a dyma Betsan.'

Yn sydyn, rhoddodd Catrin (dwi'n cael trafferth i alw'r ferch ifanc yma'n 'Mam') ei llaw dros ei hwyneb.

'O na!' llefodd. 'Ers pryd ry'ch chi'ch dwy yn sefyll fan hyn? Glywsoch chi fi'n . . . gweiddi?'

Do, meddyliais. *Ac os llwydda i i gyrraedd adre, dwi'n bwriadu rhoi amser caled iawn i ti am esgus bod yn ferch berffaith i Mam-gu – byth yn gwneud pethau drwg fel gweiddi ar dy fam.*

'Naddo,' dywedais yn gelwyddog.

'Wel, falle,' meddai Betsan.

Cochodd Catrin at ei chlustiau. 'O diar, mae'n flin gen i,' sibrydodd, 'ond dwi *mor* grac

gyda Mam. Mae hi newydd ddweud wrtha i ein bod yn gorfod mynd i aros yn nhŷ fy modryb heno . . .'

'A dwyt ti ddim eisiau mynd?'

'Mae'r holl beth yn llanast llwyr. Mae fy sboner ar ei ffordd draw, felly cyn gynted ag y bydd e'n cyrraedd bydd raid i mi ddweud wrtho 'mod i'n methu mynd gydag e i barti fel roedden ni wedi'i drefnu.'

'Rhagrithiwr!' sibrydais dan fy ngwynt.

'Beth ddwedaist ti?' holodd Catrin.

'O, dim ond meddwl pa mor lwcus wyt ti i gael sboner. Mae fy mam i'n dweud na cha i fynd mas gyda neb nes bydda i'n un ar bymtheg.'

'Mae hi'n swnio braidd yn hen ffasiwn i mi,' meddai Catrin. 'Ydy hi'n sylweddoli ein bod ni yn yr 1980au nawr?'

'Beth ydy enw dy sboner di?' holais yn ddidaro.

'Owain,' oedd yr ateb annisgwyl.

Dechreuodd Beth chwerthin yn uchel, ond fedrwn i ddim ymuno â hi. Ro'n i'n gwybod bod Mam a Dad wedi bod gyda'i gilydd am sbel hir cyn priodi, ond feddyliais i 'rioed eu bod yn gweld ei gilydd pan oedd Mam yn ddim ond pedair ar ddeg oed!

Chymerodd Catrin ddim sylw o Betsan. 'Fe fydd e yma unrhyw funud,' meddai. 'Fe gewch chi gwrdd ag e. Mae e'n rial pishyn.'

'Www, alla i ddim aros,' meddai Betsan. 'Mae e'n swnio'n cŵl! Ac fe fyddwn i wrth fy modd yn mynd i'r parti 'na gyda chi,' ychwanegodd.

'Fyddet ti wir?' holodd Catrin. 'Ond does gen ti ddim syniad pwy fydd yno, na ble mae e!'

'O, dyw Betsan yn becso dim am hynny,' dywedais i. 'Mae hi'n diodde'n arw o OCM.'

'OCM? Beth yn y byd yw hwnnw?' holodd Catrin.

'Ofan Colli Mas,' atebais. 'Mae e'n ddywediad cyffredin lle ry'n ni'n byw. Ta beth, diolch i ti am dy help, ond mae'n siŵr bod y ci bach wedi ffeindio'i ffordd adre erbyn hyn. Mae e'n gwneud hynny weithie. Dere,' dywedais wrth Betsan, gan gydio yn ei braich. 'Mae'n hen bryd i ni fynd.'

'Ond dy'ch chi ddim wedi cwrdd ag Owain eto,' meddai Catrin.

'Mae'n flin gen i am hynna,' atebais, 'ond ry'n ni'n siŵr o gwrdd ag e rywbryd yn y dyfodol . . .'

Ac am unwaith yn ei bywyd, wnaeth Betsan ddim dadlau. Chwifiodd y ddwy ohonon ni ein dwylo ar ein ffrind newydd cyn dringo dros y

wal isel a cherdded yn ôl rownd y gornel.

'Pam wnest ti hynna?' gofynnodd Betsan yn grac. 'Ro'n i'n dechrau cael hwyl.'

'Oeddet wir – llawer gormod o hwyl os wyt ti'n gofyn i mi!'

'Ro'n i mor awyddus i gwrdd â dy dad. Meddylia pa mor cŵl fyddai hynny!'

'Fyddai e ddim yn cŵl o gwbl,' atebais yn bendant. 'Mae Dad yn creu digon o embaras i mi fel oedolyn – a tasai raid i mi ei weld fel bachgen yn ei arddegau, baswn i'n siŵr o chwydu. A taset ti'n digwydd ei ffansïo fe . . . wel, alla i ddim diodde meddwl am y peth.'

'Cred ti fi, faswn i byth bythoedd yn ffansïo dy dad – hyd yn oed fel bachgen yn ei arddegau!'

'Wel, fyddwn ni byth yn gwybod, yn na fyddwn? Ta beth, nid dyna'r unig reswm pam o'n i ddim yn awyddus i weld Mam a Dad gyda'i gilydd. Taswn i wedi eu gweld yn gariadus a hapus, baswn yn cael fy nhemtio i ddweud wrth Mam sut roedd pethau'n mynd i droi mas yn y dyfodol.'

'Beth wyt ti'n feddwl?'

'Wel, ddylwn i ddweud y gwir wrthi hi? Ddylwn i ddweud, *Mae Owain yn mynd i dyfu lan i fod yn ddyn hyfryd, ac ry'ch chi'n mynd i gael*

merch anhygoel, bert, dalentog – ond pan fydd e yn ei bedwar degau, bydd e'n troi'n hipi a mynd i fyw yn Affrica. Am sbel fe fyddi di'n torri dy galon, ond wedyn bydd tad fy ffrind Betsan yn dechrau galw heibio a . . ?'

'Dwi wedi clywed digon nawr,' meddai Betsan. 'Mae'n well cadw rhai pethau'n ddistaw. A beth bynnag, taset ti'n dweud popeth wrth Catrin, mae'n bosib iawn na fyddai hi'n priodi dy dad . . . a faset ti ddim yn cael dy eni . . . o diar, mae bywyd yn gymhleth, on'd yw e?'

Nodiais fy mhen heb ddweud gair.

'Reit,' meddai Betsan, 'ti sy'n iawn fel arfer. Awn ni ddim yn ôl i gartre dy fam. Gad i ni fynd i . . .'

Ond chlywais i ddim rhagor gan ei bod wedi troi oddi wrtha i a dechrau cerdded i gyfeiriad y ganolfan siopa. Rhedais innau ar ei hôl.

'Dwi'n credu y dylwn i allu llwyddo,' dywedodd, fel petai'n siarad wrthi'i hun.

'Llwyddo i wneud beth?' gofynnais. 'I ble rwyt ti'n mynd? Dwyt ti ddim yn mynd i chwilio am dy dad, nagwyt?'

'Nac'dw siŵr,' atebodd. 'Pam baswn i'n gwneud hynny? Galla i weld Dad unrhyw bryd.'

'Felly i ble . . ?'

Trodd Betsan o gwmpas a gwenu arna i – gwên oedd yn codi arswyd arna i.

'Dwi'n mynd i ddod o hyd i Mam,' atebodd.

Pennod 9

Does dim stop ar Betsan pan mae hi'n benderfynol o fynd i rywle, ac yn fuan iawn ro'n i wedi ymlâdd wrth geisio cadw lan.

O'r diwedd fe ddaethon ni at gyffordd, a doedd ganddi ddim dewis ond stopio i aros i'r holl gerbydau hen ffasiwn fynd heibio. Sefais wrth ei hochr, allan o wynt yn llwyr fel taswn i newydd redeg dwy farathon.

'Wyt ti'n siŵr bod hyn yn syniad da?' mentrais, cyn gynted ag y gallwn siarad.

'Dwi eisiau ei gweld hi.'

'Dwi'n deall hynny, ond . . . dyw mam bedair ar ddeg oed ddim . . . wel . . . ddim yn normal. Dyw e ddim yn iawn.'

'Tair ar ddeg yw hi,' atebodd. 'Dwi wedi gweithio hynny mas.'

'Ta beth am hynny, nid fel hyn mae pethe i fod. Gwranda arna i, dwi'n siarad o brofiad. Alla i ddim esbonio teimlad mor od oedd gweld fy mam i . . .'

Syllodd Betsan i fyw fy llygaid. 'Mae hynny'n gwbl wahanol,' meddai. 'Rwyt ti wedi gweld dy fam di filoedd o weithie, a phan awn ni'n ôl adre

fe fyddi di'n ei gweld hi eto. Fe gei di ei gweld bob dydd o dy fywyd.'

'Caf, ond—'

'Os ydw i am weld fy mam i, rhaid i mi wneud hynny *nawr*. Does gen i ddim dewis. Dwyt ti jest ddim yn deall, Mali.'

'Dwi'n gwneud fy ngorau,' dywedais yn dawel.

'Dwyt ti ddim yn gweld?' meddai Betsan, a golwg freuddwydiol ar ei hwyneb. 'Dwi wedi cael yr un cyfle mawr yma mewn bywyd, a *rhaid* i mi ei gymryd.'

Yn sydyn, cefais gipolwg ar sut roedd Betsan yn teimlo. Dwi'n aml yn grac gyda Dad am ein gadael ni, ond dwi'n dal i'w weld e a siarad gydag e'n aml ar Skype. Dwi'n gwybod y bydd e, rhyw ddiwrnod, yn dod adre i 'ngweld i. Bryd hynny, byddwn ni'n cael cwtsh ac yn treulio amser yng nghwmni'n gilydd, a bydda i'n chwerthin am ben ei jôcs anobeithiol. Ydy, mae e wedi mynd – ond nid am byth. Mewn sawl ffordd, dwi'n lwcus iawn, iawn.

Felly beth allwn i ddweud wrthi – er 'mod i'n becso y gallai'r cyfan ddod i ben mewn ffordd drychinebus a thrist? Sut gallwn i sefyll rhwng fy ffrind gorau a'r un peth yn y byd mawr crwn roedd hi'n dyheu amdano, sef gweld ei mam?

‘Sut gwyddost ti ble i fynd?’ holais yn sydyn.

‘Pan oedd Dad yn mynd â fi adre o gêm bêl-rwyd ychydig fisoedd yn ôl, fe ddangosodd i mi ble roedd Mam yn byw pan oedd hi’n ferch fach,’ atebodd.

‘Ac rwyt ti’n dal i gofio sut i fynd yno?’ holais, gan hanner gobeithio y byddai’n dweud ‘Nac’dw, ddim mewn gwirionedd.’

Ond roedd Betsan yn hyderus. ‘Dwi’n cofio enw’r heol, ta beth,’ meddai, ‘felly dylen ni allu dod o hyd i’r lle – hyd yn oed heb help map Google ar y ffôn!’

Erbyn hyn roedd yr heol yn glir, a Betsan eisoes hanner ffordd ar ei thraws.

‘Dere wir, rwyt ti fel malwen!’ galwodd dros ei hysgwydd, a rhedais innau rhag cael fy ngadael ar ôl.

* * *

Buon ni’n cerdded am sbel, ac o’r diwedd roedd y ddwy ohonon ni’n sefyll o flaen drws wedi’i beintio’n felyn llachar. Bob ochr iddo roedd potiau blodau mawr yn llawn o blanhigion lliwgar. Er ei fod e’n dŷ pert, fel rhywbeth mas o stori dylwyth teg, fedrwn i ddim ymlacio o gwbl.

'Wyt ti'n siŵr taw hwn yw'r tŷ iawn?' holais, gan geisio cadw'r panig o'm llais.

'Ydw,' atebodd Betsan, 'yn gwbl sicr. Mae sawl peth yn wahanol, ond dwi'n cofio'r ffenest gron uwchben y drws.'

'Dwi'n deall yn iawn beth wyt ti'n drio'i wneud,' dywedais, 'ond falle bod angen i ni drafod mwy – cyn i ni wneud rhywbeth twp.'

'Na,' atebodd Betsan yn bendant, 'dim mwy o drafod. Os feddylia i am y peth, falle na fydda i'n ddigon dewr i fentro . . . a dwi wir yn moyn gwneud hyn.'

Cyn i mi gael cyfle i ddweud gair, camodd at y drws a churo'n galed arno.

Er y byddwn i wedi bod yn falch iawn tasai neb gartref, roedd un cipolwg ar wyneb Betsan yn ddigon i wneud i mi ddifaru meddwl fel yna. Felly gafaelais yn ei llaw a'i gwasgu'n dynn.

Ymhen ychydig eiliadau clywson ni sŵn drws yn agor y tu mewn i'r tŷ, a daeth menyw i agor y drws melyn. Beth oedd o'n blaenau ni, tybed?

'Mam-gu yw hi!' sibrydodd Betsan gan ollwng fy llaw yn sydyn.

Dwi wedi cwrdd â mam-gu Betsan gannoedd o weithiau, ac yn meddwl y byd ohoni. Mae hi'n byw mewn cartref i bobl oedrannus, rhyw filltir

neu ddwy o'n tŷ ni. Mae hi'n hen, ei gwallt yn wyn, ac mae hi'n defnyddio ffon i gerdded – a phan fydd hi'n eistedd i lawr, mae'n cymryd oesoedd i sefyll lan eto.

Ond pwy oedd y fenyw hon a'r gwallt lliw aur? Gwisgai jîns a chrys blodeuog, a doedd hi'n cael dim trafferth o gwbl i ruthro i agor y drws.

Gafaelais yn dynn yn ffrâm y drws i geisio cadw fy hun rhag crynu. Ro'n i'n benysgafn, fel taswn i wedi codi ar fy nhraed yn rhy gyflym. Byddai'n well gen i fod yn unrhyw le yn y byd heblaw fan hyn, nawr!

Pan agorodd y drws, syllodd y tair ohonon ni ar ein gilydd am sbel. Am deimlad od! Roedd mam-gu Betsan yn cael cinio gyda ni ychydig ddyddiau'n ôl. Eisteddodd wrth fwrdd y gegin am oriau, yn adrodd straeon 'doniol' am aelodau'r grŵp 'Hwyl yr Henoed' roedd hi'n aelod ohono. Ond nawr roedd hi'n syllu arnon ni fel tasai hi erioed wedi'n gweld o'r blaen – fel tasen ni'n gwbl ddieithr.

'Shwmai, ferched,' dywedodd gan wenu. 'Sut galla i'ch helpu chi?'

'Ym . . . ydy fy . . . ym . . . ydy . . ?' Er bod Betsan druan yn gwneud ei gorau glas, methodd orffen y frawddeg.

'Ry'n ni'n chwilio am . . .' dechreuais, ond methais yn lân â chario 'mlaen oherwydd y lwmp mawr yn fy ngwddw.

Rhoddodd Betsan gynnig arall arni. 'Ydy Ffion gartre, os gwelwch yn dda? Ry'n ni'n ffrindiau iddi hi . . . yn yr ysgol.'

'Mae'n flin gen i eich siomi chi, ferched,' atebodd mam-gu Betsan, 'ond mae Ffion yn nhŷ ei mam-gu yn Nolfawnog. Mae hi yno am wythnos arall, mae arna i ofan.'

'O, dyna drueni! Diolch yn fawr ta beth,' dywedodd Betsan yn y llais mwyaf trist glywais i erioed.

'Pan ddaw hi adre, fe ddweda i wrth Ffion eich bod wedi galw,' meddai ei mam-gu. 'Beth yw eich enwau chi?'

'Peidiwch â becso,' atebais yn gyflym. 'Gallwn ni ddweud wrthi pan welwn hi yn yr ysgol.'

'Neu falle y gallen ni alw eto yr wythnos nesa,' meddai Betsan.

Syllais yn syn arni. Sut yn y byd oedd hi'n meddwl y gallen ni fyw am wythnos gyfan yn y lle rhyfedd yma?

Ble fydden ni'n cysgu?

Beth fydden ni'n ei gael i'w fwyta?

'Ydych chi'ch dwy'n llwglyd, tybed?' gofynnodd

mam-gu Betsan yn sydyn, fel tasai hi wedi darllen fy meddwl. 'Dwi newydd dynnu rholiau selsig mas o'r ffwrn. Mae fy ngŵr yn gweithio'n hwyr, a dyw Ffion ddim gartre, felly byddwn yn falch o weld rhywun yn eu bwyta. Gymerwch chi un?'

Tan hynny, roedd gen i ormod ar fy meddwl i fecso am fwyd, ond sylweddolais yn sydyn 'mod i ar glemio. Ac roedd 'na aroglau bendigedig yn dod o'r gegin yng nghefn y tŷ . . .

Ac fe gofiais fod y fenyw hon – yn y byd go iawn, lle roedd hi'n hen ac yn llesg – yn dal i wneud y rholiau selsig gorau yn y byd.

'Www, ie plis,' atebais yn frwdfrydig. 'Dy'n ni ddim wedi bwyta ers . . . wel, ers sbel.'

Chwarddodd Mam-gu a dweud, 'Arhoswch chi fan hyn. Fydda i'n ôl nawr.'

Llowciodd Betsan a fi rolyn selsig blasus bob un, a wnaethon ni ddim gwrthod pan gynigiodd ei mam-gu fynd i nôl rhagor!

'Diolch yn fawr iawn, iawn,' dywedais gan lyfu'r briwsionyn olaf oddi ar fy mysedd. 'Ry'ch chi wedi ein hachub ni'n dwy rhag llwgu i farwolaeth! Fe awn ni o'ch ffordd chi nawr.'

Edrychais ar Betsan, ond doedd dim arwydd ei bod hi'n bwriadu symud cam. Beth oedd yn bod arni hi?

‘Un peth bach arall,’ meddai, ‘tybed allech chi roi cyfeiriad mam-gu Ffion i ni? Bydden ni’n hoffi anfon gair bach ati, ’yn bydden ni, Mali?’

Whiw, meddyliais, *dyw hynna ddim yn rhy ddrwg. Os ydy Betsan yn bwriadu anfon llythyr at ei mam, rhaid ei bod hi wedi anghofio am y syniad hanner call a dwl o hongian o gwmpas nes iddi ddod yn ôl adre.*

‘’Yn bydden ni, Mali?’ meddai Betsan eto, gan fy mhwnio yn fy ochr.

‘Ym . . . syniad da,’ atebais o’r diwedd. ‘Mae ein hathrawes wastad yn dweud bod sgrifennu llythyrau wedi mynd mas o ffasiwn, ac y dylen ni wneud hynny bob cyfle gawn ni.’

‘Twt lol! Chlywais i mo’r fath ddwli erioed,’ meddai mam-gu Betsan. ‘Sut yn y byd y gall sgrifennu llythyrau fynd mas o ffasiwn?’

Am ein bod ni bellach yn anfon negeseuon testun, neu’n mynd ar FaceTime neu WhatsApp . . . meddyliais, gan ychwanegu yn fy llais arferol, ‘O, mae ein hathrawes yn aml yn dweud rhyw bethe twp fel’na. Dy’n ni ddim yn cymryd unrhyw sylw.’

‘Hmmm,’ meddai mam-gu Betsan gan edrych yn od arna i. ‘Fe sgrifenna i’r cyfeiriad i lawr i chi nawr.’ A diflannodd yn ôl i mewn i’r tŷ.

O fewn ychydig funudau, roedd Betsan yn gafael yn dynn mewn darn o bapur a chyfeiriad arno. 'Diolch yn fawr iawn am bopeth,' meddai. 'Hwyl fawr i chi, Mam— . . . ym . . . diolch eto.'

Cyn gynted ag roedd ei mam-gu wedi cau'r drws, cerddodd Betsan a fi at lecyn gwyrdd gerllaw ac eistedd i lawr.

'Waw, roedd hwnna'n brofiad . . . gwahanol,' dywedodd Betsan. 'Pwy feddyliai fod Mam-gu mor ifanc a phert ar un adeg?'

'Pam wyt ti'n synnu?' holais. 'Dwyt ti 'rioed wedi gweld lluniau ohoni?'

'Do, ond dyw hynny ddim 'run fath. Does dim byd i'w gymharu â gweld y gwahaniaeth â'th lygaid dy hun. Heddiw roedd hi'n edrych fel tasai hi'n gallu rhedeg marathon – ac eto, ddoe, fe gymerodd ugain munud i gerdded o'n cegin ni i'r lolfa, a gorfod eistedd i lawr hanner ffordd.'

Teimlwn fy llygaid yn llenwi â dagrau, felly newidiais y pwnc.

'Wyt ti wir yn mynd i sgrifennu at dy fam?' gofynnais. 'Mae e'n syniad da, sbo, ond o ble rwyt ti'n mynd i gael papur ac amlen a stamp? A beth yn y byd wyt ti'n bwriadu'i ddweud wrthi?'

'Na, dwi ddim yn bwriadu anfon llythyr ati,' atebodd Betsan.

'Diolch byth – gallai pethe fynd yn gymhleth iawn,' dywedais, 'ond os nad wyt ti'n bwriadu anfon llythyr, pam ofynnaist ti am gyfeiriad dy fam?'

'Oherwydd ein bod ni'n mynd yno wrth gwrs, y dwpsen! Ry'n ni'n mynd i weld Mam.'

Ro'n i wedi amau beth fyddai ateb Betsan, ond pan glywais hi'n dweud y geiriau daeth rhyw deimlad oer drosta i, fel petai dwy law rewllyd yn gafael yn dynn yn fy nghalon.

Doedd e ddim yn deimlad braf.

Pennod 10

Mae breuddwydion hanner call a dwl yn iawn yn eu lle, ond mewn bywyd go iawn mae rhywun yn gorfod gofyn y cwestiynau anodd.

Doedd gen i ddim dewis, felly, ond gofyn: ‘Sut yn union wyt ti’n bwriadu i ni fynd i Ddolfawnog?’

Crafodd Betsan ei phen am ychydig, ac esgus meddwl yn galed. ‘Wn i,’ meddai ymhen sbel, ‘gerddwn ni yno.’

‘Cerdded?!’ llefais. ‘Ond mae e dros hanner can milltir i ffwrdd – a dwyt ti ddim hyd yn oed yn hoffi cerdded! Wyt ti’n cofio dy dad yn awgrymu ein bod ni’n mynd am dro drwy’r goedwig y dydd o’r blaen, a tithau’n esgus dy fod wedi troi dy bigwrn er mwyn peidio mynd?’

‘Dim ond tynnu dy goes di o’n i. Mae’n llawer rhy bell i gerdded – fe awn ni ar y trên.’

‘O ie, syniad gwych,’ dywedais yn sychlyd, ‘heblaw am un manylyn bach. Oes gen ti arian i brynu tocynnau?’

Chwiliodd Betsan ym mhoced ei bag ysgol, a thynnu ychydig o arian mas ohoni. Cyfrodd nhw’n ofalus. ‘Punt a thri deg dau ceiniog. Beth amdanat ti?’

Doedd dim angen i mi chwilota – ro'n i'n gwybod yn iawn nad oedd gen i'r un geiniog.

'Cofia di, roedd pethe'n llawer rhatach ers talwm,' dywedais. 'Falle bod yr arian sy gen ti yn ddigon i brynu dau docyn.'

'Dwi'n amau hynny'n fawr, rhywsut,' meddai Betsan gan roi'r arian yn ôl yn ei bag.

'Smo ni'n gallu dal trên i Ddolfawnog, felly,' dywedais, gan wneud fy ngorau glas i swnio'n siomedig.

'Wrth gwrs y gallwn ni! Dere, mae'r orsaf i lawr yr heol yma.'

'O, ry'n ni jest yn mynd i deithio ar drên heb docyn, felly? Sut yn y byd mae hynna'n mynd i weithio?' gofynnais.

'Feddyliwn ni am rywbeth,' atebodd Betsan gan gerdded i ffwrdd.

Ro'n i'n dechrau becso go iawn erbyn hyn. Fel arfer, mae Betsan yn ferch ddigon rhesymol sy byth yn gwneud pethau twp – ond yn sydyn roedd hi'n berson gwahanol a doedd gen i ddim syniad beth fyddai hi'n wneud nesaf.

Wrth gwrs, ro'n i'n awyddus iawn i'm ffrind gorau fod yn hapus – ond ro'n i'n becso sut roedd pethau'n mynd i droi mas.

* * *

Fe gollon ni'n ffordd sawl gwaith wrth gerdded i'r orsaf, ac wrth gwrs roedd yn rhaid i ni ofyn i bobl am help yn hytrach nag edrych ar fap ar ein ffonau symudol.

'Roedd y fenyw yna'n glên iawn,' meddai Betsan ar ôl i ni gael cyfarwyddiadau gan rywun oedd yn pasio heibio. 'Gallen ni fod wedi mynd y ffordd anghywir heblaw amdani hi.'

'Oedd wir,' cytunais. 'A dweud y gwir, mae pawb mor fodlon helpu. Falle bod Mam yn iawn wrth ddweud bod pethe'n well ers talwm . . .'

'Paid â gadael iddi hi dy glywed di'n dweud hynna!' chwarddodd Betsan. 'Dere, wir, neu chyrhaeddwn ni byth!'

* * *

Wrth gerdded i mewn i'r orsaf, syllodd y ddwy ohonon ni'n gegagored wrth weld yr olygfa o'n blaenau. 'Mae'r lle 'ma'n debyg i set ar gyfer hen ffilm!' meddai Betsan. 'Falle bydd Leonardo DiCaprio'n ymddangos unrhyw eiliad i 'nghipio i i ffwrdd i rywle ecsotig!'

'Does dim o'i le ar freuddwydio,' chwarddais.

Ond roedd Betsan yn iawn – roedd yr orsaf

yn gwbl wahanol. Doedd dim peiriannau i brynu tocynnau, ac roedd y teithwyr yn gwthio'u cesys ar drolïau anferth. Yn lle'r bwrdd electronig arferol yn dangos pa drenau oedd yn mynd a dod, roedd 'na ryw faneri du rhyfedd yn clecian yn swnllyd wrth newid.

'Amseru perffaith!' dywedais wrth edrych ar y bwrdd. 'Mae 'na drên i Ddolfawnog mewn chwarter awr.'

'Platfform tri – fy rhif lwcus i! Rhaid bod hynna'n arwydd da,' meddai Betsan.

Cerddon ni draw at y platfform, a sbecian rownd y gornel ar y dyn oedd yn casglu'r tocynnau. Roedd e'n dal ac yn denau, ac yn gwisgo iwnifform hen ffasiwn. Doedd e ddim yn edrych yn foi clên, na chwaith y math o foi fyddai'n gadael i ni deithio heb docyn.

Ro'n i ar bigau'r drain, ac er 'mod i'n dyheu am weld y trên yn gadael hebddon ni, fyddai hynny ddim yn deg ar Betsan.

'Dwi wedi meddwl am gynllun,' dywedais, ac es yn fy mlaen i esbonio beth oedd ar fy meddwl.

Ond doedd Betsan ddim wedi'i hargyhoeddi o gwbl. 'Dyw hwnna ddim yn gynllun da iawn, mae'n flin gen i ddweud,' meddai.

'Oes gen ti rywbeth gwell i'w gynnig?' gofynnais. 'Os nad oes, gad i ni fynd amdani.'

Felly, rhyw ddau funud cyn i'r trên adael, cododd Betsan a fi ein bagiau a rhuthro draw at y boi casglu tocynnau.

'Helô, ym . . . Wmffra,' dywedais, gan ddarllen yr enw ar ei fathodyn. 'Mae Mam wedi mynd ar y trên ychydig funudau'n ôl. Ry'n ni wedi bod yn siopa drwy'r dydd, ac roedd hi wedi blino'n lân, felly aeth o'n blaenau ni i gael sedd dda. Roedd hi'n dweud y byddai hi'n gadael ein tocynnau ni gyda chi.'

Syllodd Wmffra'n gas arnon ni ac ysgwyd ei ben. 'Na, sneb wedi gadael tocynnau gyda fi,' meddai'n bendant.

Ochneidiais yn ddramatig a dweud, 'Mam druan – rhaid ei bod hi'n fwy blinedig nag o'n i wedi'i feddwl. Mae'n siŵr bod ein tocynnau ni'n dal yn ei bag. Gawn ni fynd i chwilio amdani ar y trên?'

Gwenodd Betsan yn llydan ar Wmffra, ac am eiliad ro'n i'n meddwl bod ein cynllun yn mynd i weithio. Ond cofiodd Wmffra'n sydyn taw hen ddyn cas oedd e yn y bôn.

'Smo i'n credu gair o'ch stori chi,' meddai gan syllu i fyw fy llygaid. 'Dwi wedi bod yn gwneud y

gwaith yma ers dros ddeugain mlynedd, a does neb yn gallu fy nhwyllo i.'

'O, plis, syr, wnewch chi'n helpu ni?' ymbiliodd Betsan, gan afael ym mraich Wmffra. 'Mae 'na argyfwng teuluol. *Rhaid* i ni fynd ar y trên yma . . .'

'Dim gobaith,' meddai Wmffra'n bendant. 'Nid ddoe ges i 'ngeni. Dwi ddim yn credu am eiliad bod eich mam ar y trên – a heb docynnau chewch chi ddim mynd arno fe chwaith.'

Ar hynny, daeth sŵn chwiban o gyfeiriad y trên, a chododd cwmwl o fwg o'r corn simnai. Dechreuodd y trên symud yn araf, a chlodd Wmffra y giât at y platfform.

'Byddwch yn ferched bach da nawr,' meddai, 'ac ewch adre at eich mam.'

'Pam nad ewch *chi* yn ôl at eich mam?' gofynnais mewn pwl o dymer. 'O na, anghofiais i! Allwch chi ddim – mae hi mewn cawell yn y sw.'

Ac i ffwrdd â ni ar ras, gydag Wmffra'n codi'i ddwrn a gweiddi pethau cas ar ein holau.

'Doedd e ddim yn gynllun rhy wael, chwarae teg,' meddai Betsan pan oedden ni y tu allan i'r orsaf. 'Trueni na weithiodd e. Diolch am wneud

dy orau, ta beth.' Rhoddodd gwtsh i mi, a bu'r ddwy ohonon ni'n dawel am sbel.

'Mae'n wir flin gen i na lwyddon ni i fynd ar y trên,' dywedais o'r diwedd, 'ond falle nad oedd e'n ddrwg o beth. Falle taw syniad twp oedd mynd i weld dy fam.'

'Na, ddim o gwbl,' meddai Betsan yn bendant. 'Dwi'n dal i fwriadu mynd i weld Mam – does dim byd yn mynd i newid fy meddwl i, iawn? Wyt ti'n cofio beth mae dy fam di wastad yn ei ddweud?'

'Ddylet ti ddim credu popeth mae Mam yn ei ddweud,' dywedais. 'Mae hi'n darllen pob math o rwtsh ar y we!'

Anwybyddodd Betsan fi'n llwyr. 'Dyfal donc a dyr y garreg – dyna mae'n hi'n ddweud. Hynny ydy, paid byth â rhoi lan.'

Pennod 11

Am amser hir, buon ni'n eistedd ar y stepiau y tu allan i'r orsaf, gan wylio pobl â gwalltiau mawr a dillad od yn cerdded heibio.

Syllodd y ddwy ohonon ni ar fenyw'n cario cês anferth o'r maes parcio. Erbyn iddi gyrraedd y fynedfa i'r orsaf roedd hi'n edrych fel tasai hi ar fin llewygu. Doedd dim olwynion ar y cês, a sylweddolais yn sydyn pam fod yr orsaf yn llawn o droliïau.

'I feddwl bod yr olwyn wedi cael ei dyfeisio filoedd o flynyddoedd yn ôl,' meddai Betsan, 'pam yn y byd nad oes neb wedi meddwl am y syniad o roi olwynion ar gesys? Byddai'n gwneud bywydau pawb yn haws o lawer!'

'Gallen ni agor ffatri i gynhyrchu cesys ag olwynion arnyn nhw – a gwneud ein ffortiwn!' dywedais dan chwerthin.

Ond doedd Betsan ddim yn gwerthfawrogi'r jôc. 'Dwi ddim eisiau gwneud fy ffortiwn,' meddai'n dawel. 'Gweld Mam yw'r unig beth sy'n bwysig i mi.'

'Sorri am fod mor ansensitif,' dywedais gan

roi cwtsh iddi. 'Beth am i ni holi os oes 'na fws yn mynd i Ddolfawnog?'

'Sdim pwynt,' atebodd Betsan yn drist. 'Wnân nhw byth adael i ni deithio heb docyn.'

'Neu gallen ni roi cynnig ar fodio? Dyna roedd pobl yn ei wneud ers talwm – dwi'n cofio Dad yn sôn am y peth. Roedd e'n arfer teithio milltiroedd lawer trwy fodio.'

Oedd, roedd e'n syniad twp, ond ro'n i'n dechrau rhedeg mas o syniadau.

'Mentro teithio mewn car gyda rhywun cwbl ddieithr?' meddai Betsan yn syn. 'Byth bythoedd! Byddai hynny'n llawer rhy beryglus. A chofia hyn – does gan neb syniad ble ry'n ni. Tasen ni'n mynd ar goll, fyddai neb yn gwybod ble i ddechrau chwilio amdanon ni.'

Yn sydyn, cofiais am rywbeth ac edrychais ar fy watsh. 'O na!' llefais. 'Edrycha faint o'r gloch yw hi! Bydd Mam yn mynd yn honco bost os bydda i'n hwyr yn cyrraedd adre – a fedra i ddim hyd yn oed anfon neges destun ati! Fydd fy mywyd ddim gwerth ei fyw!'

Gwenodd Betsan, gan wneud i mi golli fy limpin yn fwy fyth.

'Dyw e ddim yn ddoniol!' dywedais. 'Mae'n debyg y bydd dy dad gartre erbyn hyn hefyd – a

bydd yntau'n grac. Man a man i ti fwynhau dy amser yn 1984, achos fyddi di a fi ddim yn cael mynd mas o'r tŷ am o leia 30 mlynedd arall!'

'Falle nad yw pethe cyn waethed ag wyt ti'n feddwl,' meddai Betsan. 'Beth wyddost ti am deithio drwy amser?'

'Dim llawer,' cyfaddefais. 'Pam?'

'Wel,' atebodd Betsan. 'Mae 'na reolau – er enghraifft, sdim gwahaniaeth faint o amser sy'n mynd heibio, pan mae'r teithiwr yn mynd yn ôl i'w fywyd arferol dyw'r amser ddim wedi newid o gwbl.'

'Mae pethe fel yna'n iawn mewn llyfr, ond nid mewn bywyd go iawn. Dyw e ddim yn mynd i'n helpu ni o gwbl. Dwi'n credu bod ein hantur fach ni ar ben, Betsan – rhaid i ni drio cyrraedd adre cyn i Mam ac Elis gysylltu â'r heddlu. Dere,' dywedais, gan godi ar fy nhraed. 'Gad i ni fynd yn ôl i'r ganolfan siopa. Falle bod y drws i Siop Sami wedi ailymddangos erbyn hyn, ac os brysiwn ni gallwn ni gyrraedd cyn diwedd y gig.'

Safodd Betsan yn ei hunfan heb ddweud gair, a gallwn synhwyro'r tristwch roedd hi'n ei deimlo. 'Mae'n wir flin gen i na lwyddaist ti i weld dy fam,' dywedais yn dawel. 'Byddai wedi bod yn brofiad arbennig iawn i ti, ond . . .'

‘Gei di wneud fel ti’n moyn,’ atebodd yn swta, ‘ond smo i’n bwriadu symud cam o’r lle ’ma.’

‘Ond . . . *rhaid* i ti ddod gyda fi,’ protestiais. ‘Alla i ddim wynebu mynd yn ôl i’r ganolfan siopa ar ben fy hun. Beth tasai’r holl bobl ryfedd ’na yn troi arna i? Falle na ddo i mas yn fyw . . .’

‘Glywaist ti fi,’ dywedodd Betsan mewn llais pendant. ‘Smo i’n bwriadu symud cam o’r lle ’ma.’

‘Ond . . .’

‘Dwi wedi gwneud fy mhenderfyniad. Dwi ddim yn mynd yn agos at y ganolfan siopa na Siop Sami, nac unman arall o ran hynny, nes bydda i wedi gweld Mam. Dyma’r unig gyfle ga i byth – alla i mo’i wastraffu.’

‘Dwi’n deall pa mor siomedig wyt ti, ond mae dy fam filltiroedd lawer i ffwrdd, a does ’da ni ddim syniad sut i fynd yno. Does ’da ni ddim arian, dim bwyd, a dim lle i gysgu. Bydd hi’n tywyllu toc, a . . .’

‘Mae popeth rwyt ti’n ddweud yn gwneud synnwyr perffaith, ond dwi ddim am newid fy meddwl. Mae’n mynd yn hwyr, felly dwi am chwilio am rywle i gysgu. Yn y bore dwi’n mynd i chwilio am Mam – ar fy mhen fy hun os oes raid.’

Am eiliad, cofiais sut roedd Sami wedi edrych

ar Betsan gan ddweud, 'ro'n i'n gwybod eich bod chi eisiau rhywbeth. Ac yn ffodus fe alla i helpu.' Beth oedd ystyr ei eiriau, tybed?

Wrth weld y dagrau'n cronni yn llygaid Betsan, sylweddolais nad oedd gen i ddewis.

'Alla i ddim gadael i ti wneud hyn ar dy ben dy hun,' dywedais. 'Bydd dau ben yn well nag un.'

'O, diolch, diolch, diolch,' llefodd Betsan, gan roi clamp o gwtsh i mi.

Mae gallu helpu'ch ffrind gorau i wireddu ei breuddwyd yn deimlad braf.

Braf – ond dychrynllyd.

* * *

'Wyt ti'n siŵr na allwn ni aros y nos yn nhŷ dy fam-gu?' gofynnais ar ôl awr o grwydro o amgylch strydoedd cyfarwydd-ond-dieithr y dre.

'Dim gobaith,' atebodd Betsan. 'Allwn ni byth esbonio iddi hi pwy y'n ni, a ta beth fyddai e ddim yn deg – gallai'r fenyw druan gael trawiad ar y galon neu rywbeth. Ond os wyt ti mor flinedig, beth am fynd yn ôl i hen gartre dy fam di?'

'Byth bythoedd!' llefais. 'Dwi eisoes wedi cael un profiad hunllefus yn y fan honno. A ta beth,

mae Mam wedi mynd bant am y noson.'

'Cyfleus iawn,' meddai Betsan yn sychlyd.

Daliai i gerdded ymlaen yn hyderus, fel tasai hi'n gwybod yn iawn i ble roedd hi'n mynd.

'Oes gen ti rywle mewn golwg?' holais. 'Beth yw'r cynllun mawr? Dwi'n cymryd bod gen ti gynllun . . ?'

'Mae'r profiad yma'n gwbl newydd i minnau hefyd, cofia,' meddai. 'Dwi jest yn teimlo, os daliwn ni i gerdded, y down ni o hyd i rywle saff a chynnes i gysgu.'

'Fel ble yn union? Wyt ti'n credu y byddwn ni'n cerdded rownd y gornel nesaf a gweld gwesty crand pum-seren o'n blaenau gydag arwydd mawr y tu fas – STAFELLOEDD AM DDIM I RAI SY'N TEITHIO DRWY AMSER? Gwych! Byddwn ni'n gallu mynd i'r sba i ymlacio'n llwyr cyn cael pryd o fwyd blasus, a chysgu mewn clamp o wely cyfforddus mewn stafell foethus. Grêt!'

'Doniol iawn,' meddai Betsan. 'Rhaid i ti 'nghredu i – os daliwn i gerdded dwi'n addo dod o hyd i rywle i ni dreulio'r nos.'

A chwarae teg iddi, fe wnaeth.

Pennod 12

''Drycha – ysgol!'

Os oedd Betsan yn disgwyl i mi ymateb yn frwdfrydig, fe gafodd siom. Roedd hi wedi nosi erbyn hyn, a fues i 'rioed mor llwglyd ac ofnus ag o'n i y funud honno. 'O, grêt!' dywedais yn sychlyd. 'Falle bydd yr adeilad ar agor, a gallwn ni fynd i mewn i gael gwers fathemateg neu rywbeth . . .'

'Wrth gwrs na fydd e ar agor—' dechreuodd Betsan, a thewi'n sydyn wrth weld bod goleuadau 'mlaen yn un o'r stafelloedd dosbarth. Y tu mewn roedd nifer o fenywod yn eistedd wrth fyrddau, yn cael gwers gan fenyw arall oedd yn sgrifennu ar fwrdd du hen ffasiwn.

'Dosbarth nos, mae'n amlwg – wel, dyna i ti lwcus!' sibrydodd Betsan.

'Gwych! Falle gallwn ni ddysgu tipyn o Ffrangeg neu Eidaleg . . . neu falle'u bod nhw'n cynnig gwersi ar sut i oroesi pan wyt ti'n teithio drwy amser a heb geiniog i dy enw.'

'Bydd ddistaw, y dwpsen! Os oes 'na bobl y tu mewn, mae'n siŵr bod y brif fynedfa ar agor a gallwn ni sleifio i mewn heb i neb ein gweld.

Dylai fod yn ddigon hawdd dod o hyd i rywle cyfforddus i gysgu.'

Er bod y syniad hwnnw'n apelio'n arw ata i, roedd yr holl sefyllfa'n honco bost.

'Does 'da ni ddim hawl i fod yma,' mentrais. 'Gallen ni fod mewn trwbwl mawr.'

'Fydd neb ddim callach,' meddai Betsan yn hyderus, 'cyn belled â'n bod ni'n gadael y lle'n union fel roedd e. Dy'n ni ddim yn debygol o wneud unrhyw niwed yma, na gadael llanast ar ein holau.'

Roedd Betsan yn gwneud i'r cyfan swnio mor hawdd – ac ro'n innau'n rhy flinedig i ddadlau.

Rhag tynnu sylw, dringodd y ddwy ohonon ni dros ffens a sleifio ar hyd llwybr cul wrth ochr yr adeilad.

'Dos i weld os ydy'r drws acw heb ei gloi,' meddai Betsan.

'Pam fi? Dy syniad di oedd hyn o'r dechrau,' protestiais.

Ddywedodd Betsan 'run gair, a sylweddolais yn sydyn pa mor ddifrifol oedd ein sefyllfa. Sut yn y byd roedd ein bywydau wedi'u troi ben i waered fel hyn?

'Meddylia am y peth am funud,' dywedais. 'Ry'n ni'n ddwy ferch ifanc gwbl normal, yn

gwneud pethe normal fel mynd i'r ysgol a chwarae pêl-rwyd. Dylen ni fod gartre nawr, yn bwyta pizza ac yn dadlau dros ba raglen i'w gwylio ar y teledu. Dy'n ni ddim yn gwneud pethe twp fel torri i mewn i ysgol rhag gorfod cysgu ar y stryd. Beth yn y byd sy'n digwydd i ni?'

Dim gair.

Syllais ar Betsan am ychydig eiliadau, a chael braw o weld pa mor ifanc a bregus roedd hi'n edrych. 'Mae mynd i chwilio am dy fam yn golygu popeth i ti, on'd yw e?' gofynnais yn dawel.

Ro'n i'n meddwl am eiliad nad oedd hi wedi fy nghlywed, ond sylwais fod ei llygaid yn llawn dagrau, a'r rheiny'n disgleirio yng ngolau'r cyntedd.

Gafaelais yn dynn yn ei llaw. 'Dere,' dywedais, 'gad i ni fynd.'

Estynnais am ddolen y drws, a gwthio. Heb siw na miw, agorodd y drws.

* * *

Roedden ni'n sefyll ar goridor hir yn arwain i'r dde a'r chwith. Gan fod sŵn lleisiau'n dod o'r chwith, aethon ni i'r cyfeiriad arall gan fynd ar

flaenau ein traed nes cyrraedd drws yn y pen pellaf.

Gwthiodd Betsan y drws yn agored a chamodd y ddwy ohonon ni i mewn i neuadd fawr gyda phedwar drws yn arwain allan ohoni. Yng ngolau'r lampau stryd y tu allan edrychai popeth yn anferth a brawychus.

'Beth nawr?' gofynnais yn grynedig.

'Gwranda'n ofalus, Mali,' meddai Betsan. 'Dyma'r cynllun. Ry'n ni'n mynd i agor y drws acw, mynd i mewn i'r stafell, ac aros nes bydd y dosbarth ar ben a phawb wedi mynd.'

Dilynais Betsan wrth iddi agor y drws agosaf atom a chamu i mewn. Baglais ar draws cadair fach a tharo fy mhen-glin yn galed ar y llawr teils.

'AWWW!' llefais, ond ches i ddim cydymdeimlad gan fy ffrind.

'Cau dy geg!' arthiodd. 'Wyt ti am i ni dreulio'r nos yn swyddfa'r heddlu?'

'O leia bydden ni'n dwym ac yn gyfforddus yn fan'no, ac yn cael rhywbeth i'w fwyta,' atebais yn bwdlyd.

'Dyw hyn ddim yn ddoniol, Mali, reit? Os cawn ni'n dala, byddwn ni dros ein pennau a'n clustiau mewn helynt. Wyt ti'n deall? Nawr 'te,'

ychwanegodd heb aros i mi ateb, 'rho dy law ar y wal 'ma a theimlo dy ffordd ar ei hyd. Pan fyddwn ni'n bellach i mewn, gallwn ddod o hyd i le i eistedd.'

'Ac wedyn . . ?'

'Ac wedyn, byddwn ni'n aros.'

Fel arfer, dwi ddim yn hoffi gweld Betsan yn cymryd drosodd – ond y tro hwn ro'n i'n eitha balch bod rhywun arall yn gwneud y penderfyniadau.

Buan iawn y daethon ni o hyd i le gwag ar y llawr. Tynnais fy mag ysgol oddi ar fy nghefn ac eistedd i lawr i aros.

Ac aros . . . ac aros.

Buon ni yno am hydoedd, ond o'r diwedd clywson ni sŵn drws yn agor, a lleisiau'n siarad a chwerthin. Daliais fy anadl wrth i sŵn traed agosáu ar hyd y coridor. Roedd fy nghalon yn curo'n ddigon caled i neidio mas o 'nghorff a dawnsio ar hyd y llawr!

'Beth tasen nhw'n dod i mewn i'r stafell yma?' sibrydais. 'Neu'n gosod larwm lladron fydd yn canu os byddwn ni'n gwneud cymaint â symud ein bys bach?'

'Paid â becso am hynny,' atebodd Betsan yn gysurlon. 'Doedd ganddyn nhw ddim offer mor

soffistigedig â hynna yn 1984!'

'Wyt ti'n siŵr?'

'Nac'dw – ond os oedd, byddwn ni'n gwybod yn fuan iawn!'

Clywsom sŵn allweddi'n clecian yn erbyn ei gilydd, a drws neu ddau'n cau wrth i bawb ffarwelio â'i gilydd . . . ac yn sydyn roedd pobman yn dawel fel y bedd.

'Chlywais i ddim sŵn larwm yn bipian,' meddai Betsan, 'glywaist ti?'

'Naddo, ond falle ei fod yn rhy bell i ffwrdd.'

Codais ar fy nhraed yn araf, gan hanner disgwyl clywed larwm yn sgrechian a gweld goleuadau'n fflachio. Ond oedd dim i'w weld ond cysgodion, a dim i'w glywed ond sŵn Betsan yn anadlu'n dawel.

Chwifiais fy mreichiau yn yr awyr . . . ond ddigwyddodd dim byd.

'Wyt ti'n meddwl y gallen ni fentro rhoi'r golau 'mlaen?' gofynnais.

'Gwell peidio,' atebodd Betsan. 'Gallai rhywun y tu fas ei weld, a byddai ar ben arnon ni.'

'Dwi'n casáu'r tywyllwch,' dywedais mewn llais bach gwan.

'Wyt, dwi'n gwybod,' meddai Betsan gan estyn am fy llaw a'i dal yn dynn. Am eiliad neu

ddwy ro'n i'n teimlo'n well – ond buan iawn y cofiais 'mod i'n dal yn sownd mewn ysgol dywyll, ddigysur, yn bell iawn o 'nghartre a 'nheulu.

Torrwyd ar y tawelwch gan sŵn fy mola'n rwmblan yn uchel, gan f'atgoffa bod oriau lawer wedi mynd heibio ers i ni fwyta rholiau selsig mam-gu Betsan.

'Rhaid i mi gael rhywbeth i'w fwyta – dwi'n llwgu,' dywedais. 'Fel arall, wna i ddim para drwy'r nos. A fydda i fawr o gwmni i ti fory os ydw i wedi marw!'

'Mali y drama cwîn!' chwarddodd Betsan. 'Ond rydw innau ar glemio hefyd. Dere, awn ni i chwilio am rywbeth i'w fwyta.'

Law yn llaw, fe gerddodd y ddwy ohonon ni ar hyd coridorau hir yr ysgol dywyll. Rhag ofn i ni faglu a chael dolur, penderfynon ni fentro defnyddio'r torts ar ffôn Betsan i oleuo'r ffordd ymlaen.

Dyw ysgolion ddim yn llefydd llawn hwyl ar y gorau, ond a hithau'n ganol nos roedd hon yn wirioneddol ddychrynllyd. Heblaw am y llygedyn bach o olau o'n blaenau, roedd pobman arall yn dywyll a sbŵci. Roedd y cysgodion tywyll o'n cwmpas yn frawychus, ac ro'n i'n

hanner disgwyl i rywbeth erchyll neidio mas aton ni.

'Am beth wyt ti'n chwilio?' gofynnais i Betsan wrth iddi agor drws arall eto fyth.

'Stafell yr athrawon,' meddai.

'O ie, syniad gwych,' dywedais yn sychlyd. 'Gallwn ni eistedd yno ac esgus bod yn athrawon, yn trafod pa waith cartre i'w roi i'r plant fory.'

'Paid â siarad yn dwp! Mae gen i well syniad o lawer – gweld beth sy yn yr oergell! Wyddost ti sut rai yw athrawon, yn yfed te bob whip stitsh ac yn stwffo cacennau a bisgedi tra mae'r plant druan mas yn y glaw a'r oerfel.'

'Ond mae hi'n wyliau ysgol! Bydd yr oergell yn wag, siŵr!' dywedais yn siomedig.

'Falle dy fod ti'n iawn, ond y gobaith yw eu bod nhw mor falch o adael y lle 'ma ar ddiwedd y tymor nes anghofio am y bwyd oedd ganddyn nhw yn yr oergell!'

Agorodd ddrws y stafell nesaf yn y coridor, a dilynais hi i mewn. Chwifiodd y torts o gwmpas nes i'r golau lanio ar y peth pwysicaf yn y stafell – clamp o oergell fawr wen.

Roedd fy mola'n rwmblan yn uchel, a 'ngheg yn dyfrio wrth feddwl pa ddanteithion allai fod

yn aros amdanon ni. Rhuthrais at yr oergell ac agor y drws yn llawn cyffro.

Ond pharodd y cyffro ddim yn hir. 'O na!' llefais wrth weld bod yr oergell yn gwbl wag heblaw am becyn iâ i'w roi ar ddolur neu glais.

Caeais y drws yn swnllyd, a chwympo ar y llawr o flaen yr oergell. 'Wedes i, 'yn do? Byddwn ni'n llwgu i farwolaeth yn y lle 'ma. Fe ddaw'r athrawon yn ôl ym mis Medi a dyna lle fyddwn ni – dau sgerbwd ar lawr. Falle byddan nhw hyd yn oed yn defnyddio'n cyrff ni ar gyfer y gwersi gwyddoniaeth!'

'Paid â bod mor ddramatig, wir,' ceryddodd Betsan fi. ''Drycha – mae 'na ddigon o fagiau te yma. Gallwn ni wneud paned, o leia.'

'Pa ran o'r gair "llwgu" dwyt ti ddim yn ei ddeall? Dyw paned o de ddim yn mynd i achub fy mywyd i – yn enwedig os nad oes llaeth a siwgr ynddo fe!'

Yn sydyn, daeth llais Betsan o gornel bella'r stafell. 'Waw, Mali! Dere draw fan hyn!' galwodd yn gyffrous.

Llusgais fy hun yn anfodlon draw ati – a chredwch chi byth beth welais i! Ar fwrdd yn y gornel roedd clamp o dun crwn, lliwgar, ac arno label yn dweud 'Bisgedi Siocled Moethus'!

Roedd yn debyg iawn i'r tun mae Mam-gu'n ei ddefnyddio i gadw botymau, edau a nodwyddau ac ati – ond hen dun tolciog yw hwnnw, ac roedd y tun yma'n newydd sbon ac yn sgleiniog!

Syllodd y ddwy ohonon ni ar y tun am hydoedd, yn oedi cyn ei agor rhag ofn cael siom. 'Os yw e'n wag,' dywedais yn ddramatig, 'fe fydda i'n marw o dor calon.'

'Stopia siarad am farw, wir,' meddai Betsan yn siarp gan godi'r tun yn ei dwy law. 'Hmm, mae e'n drwm – mae hynna'n arwydd da, sbo.'

Do'n i ddim mor obeithiol. 'Falle ei fod e'n llawn o bensiliau, neu greions, neu filoedd o ddarnau o gwm wedi hanner ei gnoi,' cwynais.

'Na, mae'r tâp gludiog yn dal yn ei le o gwmpas y caead,' meddai Betsan. 'Mae ein breuddwydion wedi dod yn wir – ry'n ni wedi dod o hyd i lond bocs o fisgedi siocled! Hwrê!'

Cythrais am y tun a dechrau rhwygo'r tâp gludiog i ffwrdd, ond rhoddodd Betsan ei llaw dros f'un i i'm rhwystro. 'Dwyn yw hyn,' meddai, 'a dyw hynna ddim yn iawn.'

'Dyw torri i mewn i ysgol ddim yn iawn chwaith,' atebais yn bigog, 'ond dyna wnaethon ni. A dyw llwgu i farwolaeth yn sicr ddim yn iawn! Mae hyn yn argyfwng, Betsan. Mae

athrawon i fod i hoffi plant, a tasen nhw'n gwybod eu bod yn achub ein bywydau ni fe fydden nhw'n fwy na bodlon rhannu eu bisgedi!'

Doedd gan Betsan ddim ateb i'w gynnig – yn hytrach, rhwygodd weddill y tâp i ffwrdd ac agor y tun.

'Waw!' llefais wrth weld y wledd o 'mlaen. Roedd y bisgedi'n debyg iawn i'r rhai mae Mam yn eu prynu adeg y Nadolig, a phan estynnodd Betsan y tun cyfan tuag ata i cythrais yn syth am ddwy o'm hoff fisgedi a'u stwffio i 'ngheg. Do'n i ddim wedi blasu unrhyw beth cystal yn fy mywyd – roedden nhw'n nefolaidd!

Ar ôl i Betsan hefyd fwyta dwy fisged, llanwodd y tegell â dŵr, ei ferwi, a gwneud tebotaid o de i ni. A dyna lle'r oedden ni, yn eistedd wrth fwrdd yn stafell athrawon yr ysgol dywyll, sbŵci, yn yfed te a bwyta bisgedi siocled nes bod ein boliau'n gwegian.

'Amser gwely,' meddai Betsan ymhen sbel wrth fy ngweld i'n agor fy ngheg led y pen. 'Ond rhaid i ni gymoni cyn mynd o'ma.'

Doedd gen i fawr o awydd, ond buan iawn roedd y lle'n edrych yn lân a thaclus unwaith eto.

'Perffaith,' meddai Betsan gan edrych o'i

chwmpas yng ngolau gwan y torts. 'Yn union fel roedd e pan gyrhaeddon ni.'

'Ie . . . wel . . . heblaw am y ffaith fach ddibwys fod y tun bisgedi bellach yn hanner gwag!' chwarddais.

Cerddon ni'n ôl i'r neuadd, a dod o hyd i bentwr o fatiau rwber meddal. Ar ôl cario sawl un ohonyn nhw i stafell ddosbarth gyfagos, gosodon ni nhw'n bentyrau i wneud dau wely, a'u gorchuddio â chotiau oedd ar y rheilen 'Eiddo Coll'.

'Diolch byth nad yw YouTube wedi cael ei ddyfeisio eto,' dywedais. 'O leia fydd neb yn gwybod pa mor ddwl ry'n ni'n edrych!'

Gorweddodd y ddwy ohonon ni i lawr yn flinedig. Er mor braf oedd cael Betsan yn agos, ro'n i'n colli Mam ac yn dyheu am ei chael hi yma. Ond roedd hynny'n amhosib – roedd fy oedolyn o fam ymhell i ffwrdd, a doedd gen i ddim syniad sut i fynd yn ôl ati hi. A beth yn y byd ddywedai fy mam bedair ar ddeg oed taswn i'n dod o hyd iddi a gofyn iddi fy nghwtsio a rhwbio fy nghefn a dweud wrtha i y bydd hi'n fy ngharu am byth bythoedd? Dwi ddim yn credu, rhywsut, y byddai hi'n bles iawn!

Fe ges i hunllefau erchyll drwy'r nos, gan

ddychmygu bod pobl yn rhedeg ar ein holau ac yn gwneud eu gorau glas i'n hanfon i'r carchar. Unwaith, fe sgrechiais yn fy nghwsg a gafaelodd Betsan yn fy llaw i 'nghysuro. Y tro nesaf i mi ddeffro roedd y ddwy ohonom wedi cwtsio'n agos, a breichiau Betsan yn dynn amdana i.

A chysgais yn dawel o'r diwedd.

Pennod 13

Ble yn y byd ydw i? meddyliais wrth agor fy llygaid yn araf. Wrth deimlo'r boen yn fy nghefn, buan iawn y cofiais fod fy ffrind gorau a fi wedi treulio'r noson yn cysgu ar lawr ysgol wag.

A hithau'n wyliau haf . . . yn 1984.

Rhaid 'mod i'n breuddwydio, meddyliais, gan gau fy llygaid eto.

Ond pan agorais nhw eto doedd dim byd wedi newid. Ro'n i'n dal i wisgo côt ysgol flêr rhyw blentyn oedd â breichiau llawer byrrach na'm rhai i. Wrth fy ochr roedd Betsan yn dal i gysgu, yn gwisgo siaced hyll a lluniau o gymeriadau cartŵn ar y cefn.

Roedden ni yn yr 1980au, a fydden ni ddim yn cael ein geni am dros ugain mlynedd arall. Heddiw, roedd yn rhaid i ni weithio mas sut i fynd i Ddolfawnog i weld mam Betsan – ac er ei bod hi'n oedolyn oedd wedi marw, roedd hi hefyd yn ferch dair ar ddeg oed fywiog iawn.

'Ife hunllef yw hon?' gofynnodd Betsan gan agor ei llygaid.

'Nage, yn anffodus,' atebais. 'Does dim byd

yn gwneud unrhyw synnwyr, ond mae e yn digwydd i ni go iawn.'

'Grêt,' oedd ymateb annisgwyl Betsan. 'Mae'n bryd i ti godi, Mali – mae 'da ni ddiwrnod mawr o'n blaenau.'

Roedd hi eisoes ar ei thraed, ac yn prowlan o gwmpas y stafell ddosbarth. 'Hmmm,' meddai, 'mae'n amlwg bod 'na athrawes gas iawn yng ngofal y dosbarth yma.'

'Sut gwyddost ti?' gofynnais.

''Drycha,' atebodd Betsan, gan bwyntio at gadair ac arni'r label 'Cadair Plant Drwg'.

Mewn cornel dywyll o'r stafell roedd 'na label mawr arall – 'Cornel Plant Drwg'. Ac ar y bwrdd du yn y gornel honno roedd y pennawd 'Plant Drwg y Dosbarth', yn cael ei ddilyn gan enwau pump o fechgyn a merched.

'Druan ohonyn nhw!' llefais. 'Dychmyga gael dy enw lan ar y bwrdd du drwy'r gwyliau haf!' Estynnais am y rhwbiwr a dileu enwau'r plant. 'Tybed beth yw enw'r athrawes?'

Cyn i Betsan gael cyfle i ateb, agorais ddrôr yn nesg yr athrawes a thynnu dyddiadur allan ohoni. 'Myfanwy Morris' oedd yr enw y tu mewn i'r clawr. Es yn ôl at y bwrdd du gyda darn o sialc yn fy llaw, a sgrifennu enw'r athrawes mewn

priflythrennau o dan y pennawd 'Plant Drwg y Dosbarth'. Teimlwn yn well ar ôl gwneud hynny, wrth feddwl am ymateb y plant – a'r athrawes gas – ar ddechrau'r tymor newydd.

'Nawr 'te,' cyhoeddais, 'mae'n amser brecwast!'

* * *

Yng ngolau dydd, roedd awyrgylch yr ysgol yn gwbl wahanol. Doedd yr adeilad ddim yn sbŵci bellach, ond yn hytrach yn wag a distaw a thrist – bron fel petai'n hiraethu am y plant swnllyd fyddai fel arfer yn rhedeg a rasio ar hyd y coridorau ac yn cau'r drysau'n glep.

Pan gyrhaeddon ni'n ôl i'r stafell athrawon, gwnaeth Betsan baned o de i ni, ac estynnais innau am y tun bisgedi. Pan oedden ni wedi stwffio llond ein boliau, es ati i lenwi potel blastig wag â dŵr ffres, a rhoi gweddill y bisgedi mewn bag plastig.

'Dwi'n teimlo braidd yn euog,' cyfaddefodd Betsan. 'Mae'n siŵr bod yr athrawon wedi cadw'r bisgedi i gael trît ar ddiwrnod cynta'r tymor ym mis Medi. Fyddan nhw ddim yn hapus wrth weld dim ond briwsion ar ôl yn y tun!'

'Falle byddan nhw'n credu taw llygod bach hynod o glyfar a thaclus fu wrthi!'

Yn sydyn, cefais syniad – un drwg! Gafaelais mewn darn o bapur a phensil oddi ar y bwrdd, a sgrifennu nodyn. *Sorri, bawb, roedden nhw'n ormod o demtasiwn i mi. Dwi'n gallu bod yn rial mochyn weithie!* Ar ei waelod sgrifennais yr enw Myfanwy Morris, rhoi'r nodyn yn y tun, cau'r caead a'i roi'n ôl yn ei le.

'Mali!' llefodd Betsan. 'Wyddwn i ddim dy fod yn gallu bod mor ddrygionus! Hoffwn i fod yn bry ar y wal ar ddechre'r tymor newydd!'

'Ha ha!' chwarddais. 'Fi hefyd! Nawr 'te, mae'n hen bryd i ni fynd mas o'r lle 'ma. Dere i ni glirio lan yn glou.'

Ymhen dim amser, roedd y stafell athrawon fel pìn mewn papur, ac aethon ni'n ôl i'r stafell ddosbarth lle roedden ni wedi treulio'r nos. Rhoddon ni'r matiau rwber yn ôl yn eu lle, a hongian y cotiau ar y rheilen 'Eiddo Coll'.

'Wnaiff neb byth hawlio'r cotiau hyll 'ma,' meddai Betsan. 'Os down ni'n ôl yma mewn amser go iawn, fe fyddan nhw'n dal yma!'

'Wel, hyd yn oed os yw'r ysgol yn dal i fodoli, alla i byth fentro dod yma eto. Beth tasai Myfanwy Morris yn cael gafael arna i? Fe fyddwn

i yng nghornel y plant drwg am gan mlynedd!'

Ac wedi pacio ein bagiau ysgol, heb anghofio'r dŵr a'r bisgedi, aethon ni allan o'r ysgol a chau'r drws yn dawel y tu ôl i ni.

Safodd y ddwy ohonon ni ar gornel y stryd ac edrych o'n cwmpas.

'Sut yn union ry'n ni'n mynd i gyrraedd Dolfawnog?' gofynnais.

'Dwi wedi bod yn meddwl am hynna,' atebodd Betsan. 'Mae gen i gynllun. Dilyna fi.'

* * *

Taswn i'n gwybod bod cynllun Betsan yn golygu mynd yn ôl i'r orsaf drenau, byddwn wedi dweud 'Na' yn syth. Doedd gen i ddim taten o awydd gweld Wmffra, y casglwr tocynnau cas, eto – a dyna pam, mae'n debyg, na ddwedodd Betsan air nes i ni gyrraedd yr orsaf. Erbyn hynny roedd yn rhy hwyr.

Roedden ni newydd golli un trên i Ddolfawnog, a doedd 'na ddim trên arall am hydoedd. Aethon ni i eistedd mewn parc cyfagos a chael picnic – wel, bisged neu ddwy a diod o ddŵr!

'Dwi ddim yn bwriadu tynnu'n groes, Betsan,'

dywedais pan gerddon ni'n ôl i mewn i'r orsaf, 'ond beth sy'n gwneud i ti feddwl y bydd Wmffra'n newid ei feddwl heddiw ac yn gadael i ni fynd ar y trên heb docyn?'

'Rho eiliad i mi, wnei di – mae fy nghynllun diweddara i'n fwy ac yn well o lawer!'

Gwyliais wrth iddi roi ei ffôn ymlaen a dechrau teipio. 'Beth wyt ti'n feddwl o hyn?' gofynnodd ar ôl gorffen.

Darllenais y neges ar y sgrin, a rhaid i mi gyfadde ei bod yn . . . wahanol, o leia!

SYSTEM ELECTRONIG ARBROFOL
I BRYNU TOCYNNAU:
2 DOCYN DWY-FFORDD I DDOLFAWNOG.
27 GORFFENNAF 1984

* * *

'O na! Chi'ch dwy eto!' meddai Wmffra wrth ein gweld. 'Ble mae eich mam anweledig heddi 'te?'

'Dyw hi ddim gyda ni heddi,' atebodd Betsan gan wenu. 'Dim ond ni'n dwy.'

'Gadewch i mi weld eich tocynnau chi.'

'Dyma nhw,' meddai Betsan, gan wenu eto ac estyn ei ffôn iddo.

Edrychodd Wmffra ar y ffôn fel petai'n

disgwyl iddo ffrwydro unrhyw eiliad. 'Welais i erioed beth fel hyn o'r blaen,' meddai'n ansicr. 'Beth yw e – rhyw fath newydd o gyfrifiannell?'

'Nage,' atebodd Betsan. 'SEA – System Electronig Arbrofol. Darllenwch y neges.'

Tynnodd Wmffra ei sbectol o'i boced a chraffu ar y sgrin. 'Pa fath o jôc yw hon?' gofynnodd yn bigog.

'Nid jôc yw hi,' protestiodd Betsan. 'Mae hon yn system newydd sbon – chlywsoch chi erioed amdani? Chawsoch chi ddim ebost . . . ym . . . llythyr . . . yn rhoi'r manylion i chi? Rhaid bod y cwmni trenau yma ar flaen y gad – dyw'r system ddim ar gael ym mhobman eto, ond ymhen ugain mlynedd fe fydd hi ym mhob gorsaf drwy Brydain!'

Syllodd Wmffra ar y sgrin, yn amlwg mewn cyfyng-gyngor. Roedd hi bron yn amser i'r trên adael, felly penderfynais fynd gam ymhellach.

'Pam nad ewch chi i ofyn yn y brif swyddfa?' awgrymais mewn llais diniwed. 'Mae 'na ddyn pwysig iawn yr olwg yn fan'no, a dwi'n siŵr y bydd e'n fodlon iawn eich helpu. Hynny yw, os na fydd e'n grac gyda chi am beidio gwybod am y system newydd.'

Roedd yr olwg ar wyneb Wmffra'n werth ei

gweld – roedd fel tasai ei ymennydd wedi'i rwygo'n ddau. Ar y naill law doedd e ddim credu gair roedden ni'n ddweud am y peiriant, ond ar y llaw arall roedd yn becso am gael pryd o dafod gan y bòs. Mae'n debyg ei fod hefyd yn teimlo'n euog am beidio â darllen y llythyr hollbwysig (nad oedd yn bod, wrth gwrs!).

'Bant â chi, 'te,' meddai o'r diwedd, 'neu byddwch yn colli'r trên. Gyda llaw,' ychwanegodd gan ysgwyd ei ben, 'does dim dyfodol o gwbl i'r peth . . . elec . . . be chi'n galw . . . hwnna!'

Manteisiodd Betsan a fi ar y cyfle, a rhedeg nerth ein traed ar hyd y platfform.

'Hwyl i ti, Wmffra!' galwodd Betsan wrth i ni ddringo'r grisiau i mewn i'r trên hen ffasiwn. 'Dolfawnog – dyma ni'n dod!'

Pennod 14

Roedd hi'n hwyr erbyn i'r trên stopio yng ngorsaf Dolfawnog. Roedden ni wedi gorffen y bisgedi a'r dŵr ers oriau, ac ar glemio. Baswn wedi rhoi'r byd am gael bod adre'n cael llond mẁg mawr o siocled twym a darn o gacen Mam.

'Rhaid i ni beidio gwastraffu eiliad,' meddai Betsan gan edrych ar y darn papur â'r cyfeiriad roedd ei mam-gu wedi'i roi iddi. 'Dwi am ofyn i rywun sut i fynd i'r lle 'ma.'

Aethon ni at fenyw oedd yn gwerthu papurau newydd yn yr orsaf. 'O diar,' meddai wrth i Beth ddangos y cyfeiriad iddi. 'Rhos-goch? Mae e'n ddeng milltir neu fwy i ffwrdd, mae arna i ofan.'

'Oes 'na fws yn mynd yno?' holodd Betsan.

'Nac oes, bach,' atebodd y fenyw. 'Does dim bysys o gwbl – pentre bach yng nghanol y wlad yw e.'

Ar ôl diolch iddi, aethon ni'n dwy i eistedd ar fainc. Doedd y dagrau ddim yn bell – ar ôl gwneud cymaint o ymdrech, doedden ni ddim yn agos at ddod o hyd i fam Betsan.

'Beth nawr?' holais yn dawel.

'Mynd i weld Mam, wrth gwrs!' oedd ateb pendant Betsan.

Collais fy limpin wrth glywed hyn. 'Oedd 'na rywbeth yn y bisgedi siocled 'na sy wedi codi rhyw awydd cryf ynot ti i gerdded, neu beth?' gofynnais. 'Glywaist ti'r fenyw – mae dy fam ddeng milltir arall i ffwrdd!'

'Twt lol – dyw hynny'n ddim byd!' taerodd Betsan.

'Ydy mae e, heb gar na beic na sgis na dim!'

Ro'n i'n trio bod yn ddoniol, ond doedd Betsan ddim yn gwenu. Am eiliad, ro'n i'n grac gyda hi. Oedd ganddi hi unrhyw syniad pa mor flinedig ac ofnus o'n i'n teimlo? A faint ro'n i'n dyheu am gael bod adre i gael clamp o gwtsh gan Mam?

Ond wedyn cofiais am yr holl adegau'n ddiweddar pan oedd Mam a fi wedi chwerthin am ben rhyw bethau twp, a Betsan yn eistedd ar ei phen ei hun yn syllu arnon ni – fel tasai hi ddim yn perthyn.

A'r adeg honno pan brynodd Mam grys-T bob un i Betsan a fi – roedd f'un i'n berffaith oherwydd bod Mam yn gwybod beth dwi'n ei hoffi. Ac er i Betsan wisgo'i chrys hi unwaith neu ddwy heb ddweud gair, ro'n i'n gwybod nad oedd

Mam yn sylweddoli ei bod hi'n casáu'r lliw oren.

Yn sydyn, dechreuodd Betsan lefain yn dawel. 'Alla i ddim mynd yn ôl heb weld Mam,' meddai'n ddagreuol. 'Alla i jest *ddim*.'

'Dwi mor awyddus i dy helpu di,' dywedais gan afael yn ei braich, 'ond does gen i ddim syniad sut! Mae hi bron yn wyth o'r gloch – fe fydd hi'n dywyll toc. Hyd yn oed os gallwn ni feddwl am ffordd o gyrraedd Rhos-goch, fe fydd dy fam yn y gwely'n cysgu.'

'Dwi'n gwybod hynna i gyd, dwi jest . . .' meddai Betsan cyn dechrau beichio crio.

Fedrwn i dddim dioddef ei gweld fel yna. 'Dere nawr,' dywedais wrthi gan roi fy mreichiau o'i chwmpas. 'Paid â becso – feddyliwn ni am rywbeth.'

Ac wrth weld y tristwch yn ei llygaid mawr glas, ro'n i'n gwybod na allwn ei siomi.

'Mae'n rhy hwyr i ddala trên yn ôl adre nawr, ta beth,' dywedais. 'A does gyda ni ddim gobaith o gyrraedd Rhos-goch chwaith. Felly beth am i ni chwilio am rywle i gysgu, ac yn y bore . . . wel, bydd pethe'n edrych yn well a gallwn ni feddwl beth sy orau i'w wneud.'

Doedd yr un cynllun yn hanes y byd wedi bod mor niwlog ac amhendant, ond fe weithiodd fel

hud a lledrith ar Betsan druan. Sychodd y dagrau â'i llawes, a gwenu'n wan.

'Diolch i ti, Mali. Rwyt ti'n werth y byd i gyd yn grwn.'

*   *   *

Roedd hi'n bnawn Gwener, y siopau i gyd ar agor yn hwyr a'r strydoedd yn brysur.

'Wyt ti'n meddwl y gallwn ni ddod o hyd i ysgol arall i aros ynddi heno?' holodd Betsan.

'Wrth gwrs,' atebais yn goeglyd. 'Fyddwn ni ddim chwinciad chwannen yn dod o hyd i ysgol sy'n digwydd bod ar agor i'n croesawu.'

'Felly beth wnawn ni?'

Doedd gen i ddim syniad, ac ro'n i'n dechrau becso go iawn. Doedd y sefyllfa ddim yn teimlo fel hwyl erbyn hyn. Ro'n i'n dyheu am fod yn rhywle diogel a chlyd – ac yn hiraethu am Mam hefyd. Ond os na allwn i feddwl am gynllun call, fyddai Betsan druan byth yn cael y cyfle i weld ei mam hi – a fedrwn i ddim gadael i hynny digwydd.

Fe gerddon ni i ben pella'r brif heol, a phan oedden ni hanner ffordd yn ôl fe ges i syniad – y syniad mwyaf anhygoel o dda ges i yn fy mywyd erioed!

'Mae gen i gynllun,' dywedais yn gyffrous wrth Betsan, 'ac fe fydd e'n HWWWWYL!'

'Alla i ddim aros i glywed!' meddai Betsan yn sychlyd.

'Dwi'n gwybod ble gallwn ni gysgu heno,' dywedais.

'Ble?'

'I mewn yn fan'na,' atebais gan droi a phwyntio.

'Mali fach, ydy'r diffyg bwyd wedi gwneud i ti golli dy synnwyr cyffredin?'

'Nac ydy siŵr!' chwarddais.

'Felly pam rwyt ti'n credu y byddai'n syniad da i ni gysgu mewn siop?'

'Fe wnawn ni sleifio i mewn, ac wedyn – pan fydd pawb wedi mynd adre a'r lle wedi'i gloi – gallwn ni wneud beth bynnag ni'n moyn tan bore fory. Darllenais hanes ryw foi yn Llundain oedd wedi gwneud yr un peth, ac roedd hi'n stori grêt!'

'Felly beth ddigwyddodd?'

'Wel . . . canodd y larwm lladron dros bob man a rhuthrodd yr heddlu yno a . . . wel . . . doedd hi ddim yn stori â diweddglo hapus iddi. Ond bydd pethe'n wahanol i ni yn 1984. Dwi wedi sylwi nad oes gan neb larwm lladron – siopau, tai, ysgolion . . . Fe fydd e'n hwyl, Betsan,

wir i ti. Fydd neb ddim callach ein bod ni yno.'

'Ond . . .'

'Does dim "ond" – mae e'n berffaith!' protestiais.

'Wel, os wyt ti mor glyfar, beth am i ni guddio mewn siop werth chweil – fel siop yn gwerthu losin, er enghraifft?'

'Ie, syniad da – gallet ti guddio tu ôl i lolipop, a fydd neb yn debygol o 'ngweld i os bydda i'n cuddio tu ôl i diwb o Smarties!'

'Ti'n iawn, sbo. Nawr 'te – dwed wrtha i sut yn union mae hyn yn mynd i weithio.'

A chan wneud y cyfan lan wrth fynd ymlaen, disgrifiais fy nghynllun perffaith.

* * *

Arhoson ni nes ei bod bron yn amser i'r siop gau cyn mentro i mewn. Roedd hi'n siop anferth, yn llawn offer ar gyfer y cartref a'r ardd, ac yn berffaith i'n pwrpas ni. Cerddodd y ddwy ohonom o gwmpas yn hamddenol, gan esgus bod â diddordeb mewn offer garddio, planhigion ac offer cegin.

''Drycha,' dywedais, gan bwyntio at arwydd mawr yn dweud *Dewch i weld ein harddangosfa*

anhygoel o ddodrefn ar y llawr cyntaf. 'Dyna'r lle i ni – dere!'

Aethon ni lan staer yn ddidaro, fel tasen ni'n gwsmeriaid go iawn. Mewn un gornel o'r stafell anferth ar y llawr cyntaf roedd dau ddyn yn eistedd wrth eu desgiau, ac yn ôl yr olwg ddiflas ar eu hwynebau roedden nhw'n amlwg yn dyheu am i'r siop gau. Edrychodd yr un ohonyn nhw ar Betsan a fi wrth i ni gerdded heibio'n dawel, a dal i gerdded nes cyrraedd pen pella'r siop lle roedd yna nifer o gypyrddau dillad mawr hyll o bren tywyll.

'Perffaith!' sibrydais, gan wneud fy ngorau glas i swnio'n hyderus.

'Dyw'r siop ddim yn cau am ddeng munud arall,' atebodd Betsan. 'Ydy hi'n rhy fuan i ni guddio, tybed?'

Doedd gen i fawr o awydd eistedd mewn wardrob am fwy nag ychydig funudau, ond allen ni ddim mentro cael ein gweld.

'Na, gorau po gynta i ni ddiflannu,' dywedais. 'Dere – awn ni i mewn i'r un fwya. Wyddost ti ddim, falle bod 'na ddrws hud ynddi hi! Mae 'na gwsmer yn dod lan y staer – gad i ni guddio tra bod y ddau ddyn yn brysur.'

Dringodd y ddwy ohonom yn ofalus i mewn

i'r wardrob fawr. Roedd hi'n arogli o lwch a farnais. Ceisiodd Betsan gau'r drws, ond estynnais fy llaw i'w rhwystro.

'Paid wir,' dywedais, 'gallen ni fygu heb ddigon o aer. Falle 'mod i'n orddramatig, ond does gen i ddim awydd marw mewn hen wardrob ddrewllyd mewn siop ddodrefn yn 1984!'

Gadawyd y drws yn gilagored, a gwnaeth y ddwy ohonon ni ein hunain mor gyfforddus ag oedd modd, heb syniad am ba hyd y bydden ni yno.

Diolch byth, arhosodd y cwsmer newydd ddim yn hir, a gallwn weld y ddau ddyn yn codi ar eu traed a symud oddi wrth eu desgiau.

'Diwrnod arall ar ben, diolch byth,' meddai'r un hynaf. 'Ar ôl i ti gymoni tipyn ar y lle 'ma, Jac, gallwn ni droi am adre.'

'Iawn, Dai,' atebodd Jac yn anfoddog.

Wrth i'r ddau ddyn gerdded i'n cyfeiriad ni, daliodd Betsan a fi ein hanadl. Crwydrodd Dai yn fawreddog o gwmpas y dodrefn, gan dynnu sylw at ambell gadair oedd wedi'i gosod yn gam, neu lwch ar y byrddau. Rhedai Jac o gwmpas yn wyllt, yn ceisio ufuddhau i orchmynion ei fòs er mwyn gadael y lle fel pìn mewn papur.

'Hen foi diog yw'r Dai 'na,' dywedais yn grac.

'Dyw e'n gwneud dim byd i helpu Jac druan.'

'Bydd ddistaw, wir!' hisiodd Betsan. 'Buan iawn y bydd e'n gwneud rhywbeth os daw e ar ein traws ni'n dwy!'

Erbyn hyn roedd y dynion mor agos nes 'mod i'n gallu gweld y goler fudr ar grys Dai, a'r olion bysedd seimllyd ar ei sbectol. Ych a fi!

'Gyda llaw, Dai,' meddai Jac, 'wyt ti wedi gweld Rhian, y ferch sy newydd ddechre gweithio yn yr adran geginau lawr staer? Mae hi'n bert, on'd yw hi?'

'Dylet ti dalu mwy o sylw i dy waith, grwt,' atebodd Dai yn siarp. 'Smo ti'n cael dy dalu am syllu ar ferched ifanc pert.'

'Dwi . . . ym . . . ro'n i'n meddwl . . . ym . . . gofyn iddi ddod mas gyda fi,' meddai Jac.

'Beth? Rwyt ti'n meddwl gofyn iddi *hi* ddod mas gyda *ti*?' meddai Dai gan chwerthin yn uchel. 'Chlywais i 'rioed y fath ddwli! 'Drycha arnat ti dy hun yn yr hen siwt hyll, tsiep 'na! Wyt ti wir yn meddwl y byddai gan ferch bert fel Rhian ddiddordeb yn rhywun fel *ti*? Breuddwyd ffôl, Jac bach, breuddwyd ffôl!'

Drwy'r agoriad bach yn nrws y wardrob, gallwn weld Jac druan yn cochi at fôn ei glustiau. 'N-n-na, chi sy'n iawn, sbo,' meddai'n

dawel. 'Mae Rhian yn rhy dda o lawer i mi. Roedd e'n syniad twp o'r dechre.'

Chwarddodd Dai eto – chwerthiniad caled, creulon – a rhoi slap caled i Jac ar ei gefn. 'Oedd wir, Jac,' meddai, 'syniad twp iawn. Anghofia'n llwyr am Rhian – dyna fy nghyngor i i ti. Reit – gwell i ti fwrw 'mlaen â'r gwaith cymoni i ni gael mynd o'r lle 'ma.'

Roedd gen i awydd neidio mas o'r wardrob a rhoi crasfa go iawn i Dai. Pam oedd raid iddo fod yn gymaint o hen fwli?

Jac druan – er ei fod e'n swil ac yn ddihyder, roedd yn eitha ciwt. Tasai'n cael torri'i wallt, gallai fod yn ciwt iawn. Ac er bod ei siwt braidd yn shabi, roedd hi'n gwneud iddo edrych yn debyg i ryw seren o fyd y ffilm oedd yn ymfalchïo mewn edrych yn anniben.

A nawr roedd e ar fin cael torri'i galon – doedd e ddim am ofyn i Rhian ddod mas gydag e rhag ofn cael ei wrthod. Am stori drist!

Wrth i'r ddau ddyn ddod yn nes ac yn nes, anghofiais y cyfan am Jac a Rhian, a dechrau becso am Betsan a fi. Tybed oedden nhw'n edrych ym mhob wardrob i wneud yn siŵr bod neb yn cuddio ynddyn nhw? Os oedden nhw, dyna'i diwedd hi.

Yr unig beth ro'n i trio'i wneud oedd helpu fy

ffrind i ddod o hyd i'w mam – ond y funud hon byddwn wedi rhoi unrhyw beth i fod gartre gyda fy mam fy hun. Ond gwthiais y teimlad hwnnw o'm meddwl, a chydio'n dynn yn llaw Betsan. Rhoddais fy llaw arall dros fy ngheg rhag gwneud smic o sŵn – ro'n i eisoes yn becso am y rwmblan uchel oedd yn dod o gyfeiriad fy mola.

Erbyn hyn doedd ond ychydig gentimetrau rhyngon ni a Jac. Byddai'n sicr wedi'n gweld ni heblaw bod tu mewn y wardrob mor dywyll. Cyn belled â bod y drysau'n aros yn gilagored, dylen ni fod yn iawn . . .

'Dere, wir,' meddai Dai mewn llais blin o gyfeiriad y soffa gyfforddus lle roedd e'n eistedd. 'Pam wyt ti wastad mor araf? Dwi'n hen barod i fynd adre – bydd fy swper yn oeri. Brysia!'

Doedd gen i ddim syniad beth fyddai'n digwydd nesaf. Fyddai Jac yn agor drysau'r wardrob ac yn marw o ofn wrth ein gweld ni y tu mewn?

Ac os felly, fyddai Betsan a fi'n cael ein hanfon i garchar am achosi ei farwolaeth?

Oedd plant yn cael eu hanfon i'r carchar yn 1984, tybed?

Beth oedd y peth gwaethaf allai ddigwydd i ni – marw o ddiffyg ocsigen, neu farw o ofn?

Yn sydyn, gafaelodd Jac yn y ddwy ddolen a chau'r drysau'n glep. 'Does neb yn debygol o brynu'r wardrob yma,' meddai. 'Dyw'r drysau ddim yn cau'n iawn.'

'Wel pam na wnei di eu trwsio, 'te?' gofynnodd Dai yn sarrug. 'Neu oes raid i mi wneud popeth yn y lle 'ma?'

Ddywedodd Jac druan 'run gair, a gallen ni ei glywed yn cerdded i ffwrdd oddi wrthym. Ro'n i ar fin dechrau anadlu'n naturiol eto pan ddigwyddodd rhywbeth ofnadwy – yn araf, araf, gan wichian yn uchel, dechreuodd y drysau agor. Yn ein braw, cythrodd y ddwy ohonon ni am y ddau ddrws – a methu'n drychinebus. O fewn ychydig eiliadau roedd y wardrob yn llydan agored a ni'n dwy y tu mewn yn syllu'n syn ar yr olygfa o'n blaenau.

Yn ffodus iawn, roedd y ddau ddyn yn sefyll a'u cefnau aton ni, ac yn cerdded i gyfeiriad y staer. Daliais fy anadl rhag ofn i un ohonyn nhw droi o gwmpas – ond wnaethon nhw ddim. Pan oedden nhw allan o'r golwg, trois at Betsan a rhoi cwtsh iddi hi.

'Waw, roedd hwnna'n brofiad ofnadwy!' dywedais. 'Ro'n i wir yn meddwl 'mod i'n mynd i farw o ofn!'

Atebodd Betsan ddim, ond roedd hi'n crynu fel deilen. Doedd dim rhaid iddi ddweud gair.

* * *

Arhosodd y ddwy ohonon ni yn y wardrob am hydoedd – heb hyd yn oed fentro estyn am y drysau i'w cau. O lawr staer gallem glywed sŵn pobl yn paratoi i adael eu gwaith am y dydd. Teimlwn yn genfigennus ohonyn nhw'n cael mynd adre i gartref clyd, bwyd ar y bwrdd, a chroeso gan y teulu.

Safai Betsan wrth fy ochr, yn wyn fel y galchen a golwg drist ar ei hwyneb. Doedd dim angen i mi ofyn beth – neu bwy – oedd ar ei meddwl. Gwenais arni, ond roedd hi yn ei byd bach ei hun.

O'r diwedd, daeth y sŵn roedden ni wedi gobeithio amdano – allweddi'n clecian yn erbyn ei gilydd, a drysau mawr yn cau'n glep. Yn sydyn, roedd pobman yn dawel fel y bedd.

'Ry'n ni wedi cael ein cloi i mewn,' dywedodd Betsan, 'ac fe fydd hi'n noson hir.'

Pennod 15

Dringodd y ddwy ohonon ni'n ofalus allan o'r wardrob ac edrych o'n cwmpas. Ro'n i wedi breuddwydio'n aml am gael fy nghloi mewn siop – ond nawr bod hynny'n digwydd mewn gwirionedd doedd y syniad ddim yn apelio ata i o gwbl. Roedd popeth mor dawel a sbŵci . . .

'Bydd e'n hwyl!' dywedais i geisio codi calon Betsan, heb gredu gair ro'n i'n ei ddweud.

Cerddon ni i gornel bellaf y siop, lle roedd dwsinau o welyau o bob maint. 'Jest y peth!' dywedais gan neidio ar glamp o wely mawr a lapio dwfe meddal o 'nghwmpas.

'Paid, wir!' llefodd Betsan. 'Rwyt ti'n gwneud i'r lle edrych yn anniben.'

'Sdim ots,' atebais. 'Gallwn ni roi popeth yn ôl yn ei le yn y bore. Nawr 'te, pa wely wyt ti am ddewis?'

Eisteddodd Betsan ar erchwyn y gwely nesa ataf i a dweud, 'Mae hwn yn rhy galed.'

'Rwyt ti'n swnio fel tywysoges mewn stori dylwyth teg!' chwarddais. 'Dere fan hyn ata i – mae'r gwely yma'n hen ddigon mawr i'r ddwy ohonon ni.'

Teimlad braf oedd cael cwtsio gyda'n gilydd, yn glyd ac yn gynnes dan y dwfe mawr, heb orfod dweud gair. Ond roedd hi'n llawer rhy gynnar i ni gysgu – a ta beth ro'n i ar fin llwgu i farwolaeth!

'Gad i ni fynd i chwilio am fwyd,' dywedais gan godi ar fy eistedd. 'Siawns y down ni o hyd i rywbeth mewn siop fawr fel hon.'

Ond buan iawn y sylweddolon ni nad oedd yn mynd i fod yn waith hawdd. Roedd 'na gegin fach mewn un gornel, ond doedd dim byd ond bocs bagiau te yn y cwpwrdd – a hwnnw'n wag.

I lawr staer yn yr adran arddio, codais becyn bach o hadau moron oddi ar silff, a darllen y cyfarwyddiadau – *Barod i'w bwyta mewn 12 wythnos.*

'O, grêt,' dywedais yn sychlyd. 'Gallwn ni eu plannu nhw nawr, ac os nad y'n ni wedi marw o newyn ymhen deuddeg wythnos, gallwn gael pryd blasus o foron amrwd. Rhywbeth i edrych 'mlaen ato, yntê!'

Erbyn hynny, ro'n i wedi cyrraedd pen fy nhennyn. Eisteddais ar y staer, fy mhen yn fy nwylo, a dechrau llefain yn ddistaw. Daeth Betsan draw a gafael amdanaf.

'Ro'n i'n gwybod y dylen ni fod wedi dewis siop well na hon,' meddai. 'Siop losin, neu gwell fyth archfarchnad – meddylia am yr holl fwyd fyddai ar gael yn fan'no!'

Doedd gen i ddim awydd meddwl am y peth – roedd yn rhy boenus. Ac yn waeth fyth, roedden ni'n gwbl sownd yn y siop ddodrefn a phob drws a ffenest wedi'u cloi. Fedrwn i ddim ystyried torri ffenest er mwyn dianc. A hyd yn oed tasen ni'n llwyddo i fynd mas, doedd unman arall i fynd.

'Dere,' meddai Betsan, 'rhaid i ni chwilio'n fwy gofalus. Rhaid bod *rhyw* fath o fwyd yma . . .'

Ugain munud yn ddiweddarach, roedd lwc o'n plaid. 'Dere yma'n glou, Mali,' galwodd Betsan yn gyffrous. ''Drycha beth sy fan hyn!'

Rhuthrais draw ati, gan ddychmygu ei bod wedi dod o hyd i lond bowlen fawr o sglodion seimllyd, poeth, a halen a fineg drostyn nhw i gyd . . . Ac O! dyna siom ges i wrth weld Betsan yn pwyntio'n frwdfrydig at lond bowlen o afalau gwyrdd! Ond ro'n i mor llwglyd, roedd hyd yn oed afalau'n edrych yn flasus.

Yr unig broblem oedd bod y bowlen ar fwrdd coffi – a'r bwrdd hwnnw reit yng nghanol yr arddangosfa yn ffenest fawr y siop. Doedd dim

un ffordd o gyrraedd at yr afalau heb ddringo i mewn i'r ffenest.

Allan o'r golwg yng nghefn y ffenest, gallem weld bod y stryd yn dal yn brysur a llwythi o bobl yn crwydro o gwmpas yn hamddenol. Yn rhyfedd iawn, roedd bron pawb yn stopio o flaen y ffenest i syllu ar yr arddangosfa o ddodrefn crand, chwaethus ac yn sgwrsio ymysg ei gilydd.

'Tybed pam mae pawb yn cymryd cymaint o ddiddordeb?' dywedais. 'Does ganddyn nhw ddim byd gwell i'w wneud?'

'Wel, falle ddim,' atebodd Betsan. 'Cofia, does ganddyn nhw ddim ffonau symudol na chyfrifiaduron, a dyw siopa ar y we ddim wedi cael ei ddyfeisio eto. Mae'n siŵr bod edrych ar y gwahanol nwyddau mewn ffenestri siopa'n bwysig iddyn nhw.'

'A beth amdanon ni?' holais yn druenus. 'Oes raid i ni lwgu i farwolaeth tra bod pobl yn cerdded lan a lawr y stryd yn edmygu arddangosfa o fyrddau a chadeiriau, a brwshys a bwcedi o bob lliw a llun?'

'Bydd raid i ni fod yn amyneddgar nes bod pawb yn penderfynu mynd adre. Pan fydd y stryd yn dawel gallwn ni sleifio i mewn a chymryd yr afalau heb i neb ein gweld.'

Baswn wedi hoffi dadlau, ond doedd gen i ddim nerth. Aethon ni'n ôl i'r llawr cyntaf ac eistedd ar y gwely am sbel gan wneud ein gorau i beidio cwyno na llefain. Roedd gan Betsan fwy o egni na fi, ac ar ôl iddi fynd ar sgowt o gwmpas y siop daeth yn ei hôl gyda phecyn o gardiau.

Gawson ni gannoedd o gemau o Snap, ond doedd dim hwyl arna i. Mae'n anodd bod yn frwdfrydig a'ch meddwl yn llawn o greision a chacen siocled.

Wrth iddi dywyllu y tu allan, daeth goleuadau diogelwch ymlaen yn y siop gan wneud i bopeth droi'n rhyw liw gwyrdd ych a fi. Cymerais gipolwg drwy'r ffenest a gweld bod y stryd yn dawelach o lawer erbyn hyn.

'Dwi'n credu bod pawb wedi mynd adre,' dywedais. 'Dere – mae'n hen bryd i ni nôl yr afalau 'na. Ry'n ni wedi aros yn hen ddigon hir!'

Aeth y ddwy ohonon ni i lawr y staer ac anelu am y ffenest flaen. 'Reit,' dywedais, 'beth yw'r cynllun?'

'Rhaid i ti fynd i mewn i'r arddangosfa a chymryd yr afalau,' atebodd Betsan.

'Pam fi?'

'Achos dy fod ti'n fyrrach na fi, felly mae 'na lai o siawns i rywun dy weld di.'

‘Ond dim ond un centimetr yn fyrrach na ti ydw i!’ protestiais.

‘Falle’n wir, ond mewn argyfwng mae pob centimetr yn bwysig,’ atebodd Betsan.

‘Mae honna’n ddadl wan iawn,’ dywedais, ‘ond erbyn hyn dwi’n becso am ddim ond am gael fy nwylo ar yr afalau ’na. Dymuna bob lwc i mi – ac os na ddo i’n ôl,’ ychwanegais yn ddramatig, ‘cofia ddweud wrth Mam a Dad ’mod i’n eu caru nhw.’

Ac i ffwrdd â fi ar fy neges hollbwysig, a ’nghalon yn fy ngwddw.

Tynnais anadl ddofn a chamu i mewn i’r arddangosfa. Edrychais i fyny ac i lawr y stryd – roedd pobman yn dawel. Sleifiais tuag at yr afalau, ac fel ro’n i’n dechrau estyn amdanyn nhw daeth dyn a menyw i’r golwg, yn cerdded ling-di-long tuag at y ffenest. Roedd y dyn yn canu mor uchel nes ’mod i’n gallu ei glywed drwy’r gwydr trwchus. Pan welodd fi, stopiodd yn sydyn a sefyll yn sigledig yn ei unfan, fel petai newydd ddod oddi ar y meri-go-rownd yn y ffair. Rhwbiodd ei lygaid unwaith neu ddwy, a syllu’n syn arna i. Roedd yn rhaid i mi wneud rhywbeth ar frys, felly taflais fy hun ar soffa ac esgus bod yn ddymi yn ffenest y siop.

Erbyn hyn, roedd y dyn a'r fenyw mor agos nes bod eu trwynau'n cyffwrdd y ffenest a'r dyn yn edrych fel petai newydd weld ysbryd. Pwyntiodd at y fan lle roedd wedi fy ngweld i'n symud, a dweud rhywbeth wrth y fenyw. Roedd hi'n ysgwyd ei phen ac yn edrych yn grac ar y dyn.

Am hunllef! Fedrwn i ddim symud fy llygaid, hyd yn oed, ac er bod fy nhrwyn yn cosi fedrwn i ddim mentro symud. Yn y diwedd, gafaelodd y fenyw ym mraich y dyn a'i lusgo ar hyd y stryd. Diolch byth! Nawr gallwn neidio ar fy nhraed, crafu fy nhrwyn, gafael yn y bowlen afalau – a dianc!

'Mali fach!' llefodd Betsan. 'Roedd hwnna'n brofiad erchyll – druan â ti! Ro'n i wir yn meddwl eu bod nhw—'

'Ond wnaethon nhw ddim, diolch byth,' dywedais yn dawel fel taswn i heb gynhyrfu o gwbl. 'Mae popeth yn iawn. Nawr 'te – hoffet ti gael afal?'

Doedd dim rhaid i mi ofyn ddwywaith. Cymerais innau un o'r bowlen.

Wnes i erioed o'r blaen lowcio afal cyfan mewn cyn lleied o amser.

Doedd yr un afal erioed wedi blasu cystal â hwn.

A do'n i erioed o'r blaen wedi gorfod gweithio mor galed i gael un.

Pennod 16

'Dere, wir,' meddai Betsan ar ôl i ni fwyta cymaint o afalau ag y gallen ni. 'Os na wnawn ni rywbeth, fe fydda i'n ffrwydro o ddiflastod!'

'Beth sy gen ti mewn golwg?'

'Sda fi ddim syniad. Dere i weld beth welwn ni.'

Buon ni'n crwydro'n hamddenol o gwmpas y siop, yn edrych ar wahanol bethau. Roedd hynny'n hwyl – am ryw bum munud. Aethon ni'n ôl lan staer ac eistedd ar y gwely.

'Gêm arall o Snap?' gofynnais.

'Dim diolch,' atebodd Betsan. 'Os na fydda i'n chwarae Snap byth eto, fe fydd yn rhy fuan! Dwi hyd yn oed yn dechrau meddwl darllen un o fy llyfrau ysgol – byddai hynny'n well na gwneud dim.'

'Ha ha!' chwarddais. 'Does dim rhaid i ti fynd mor bell â hynna, chwaith!'

Ond ar ôl rhyw ddeng munud ro'n i'n dechrau meddwl bod Betsan yn iawn. Ond yna cefais syniad. 'Dyw fy ffôn i ddim iws, wrth gwrs, gan ei fod wedi marw oesoedd yn ôl – ac yn rhyfedd iawn does neb wedi gadael gwefrwr o

gwmpas y lle! – ond gallen ni chwarae gêm ar dy ffôn di am sbel.'

'Na, dim gobaith,' atebodd Betsan. 'Sneb yn mynd i ddyfeisio gwefrwr ffôn am flynyddoedd lawer, a rhaid i ni arbed y batri rhag ofn . . .'

'Rhag ofn beth?'

'Jest rhag ofn . . .'

Soniais i 'run gair arall am y ffôn. Do'n i ddim yn moyn tynnu'n groes – roedd ein sefyllfa'n ddigon argyfyngus fel roedd hi.

'Dwi wedi bod yn meddwl am Jac,' meddai Betsan yn sydyn. 'Druan ag e – mae e'n amlwg yn foi hyfryd, ac yn hoff iawn o Rhian. Tybed fydd e byth yn ddigon dewr i ofyn iddi ddod mas gydag e?'

'Smo i'n credu y bydd e,' dywedais. 'Mae e'n amlwg yn swil iawn, ac mae'r hen Dai 'na wedi bod yn gymaint o fwli fel bod gan Jac druan ddim hunanhyder o gwbl. Dyw e ddim yn credu bod ganddo siawns gyda Rhian.'

'Trist iawn – carwriaeth hyfryd ar ben cyn iddi hyd yn oed ddechrau.'

'Rwyt ti'n darllen gormod o nofelau sopi,' chwarddais.

'Falle wir,' atebodd Betsan, 'ond bywyd go iawn yw hwn, nid nofel. Dyw hi ddim yn edrych

yn debygol y bydd Jac a Rhian yn byw'n hapus gyda'i gilydd am byth bythoedd. Tasen ni'n dod yn ôl yma ymhen 30 mlynedd, bydd y creadur bach yn dal yn rhy ddihyder i ofyn Rhian mas. Fetia i . . .'

'Stop!' dywedais yn sydyn. 'Dwi newydd gael y syniad gorau yn holl hanes y byd.'

* * *

Ymhen ychydig funudau roedden ni'n eistedd wrth ddesg Jac, gyda beiro a thudalen lân wedi'i rhwygo o lyfr nodiadau gawson ni yn y swyddfa lawr staer. Rhwng y ddwy ohonom, fe lwyddon ni i sgrifennu'r llythyr perffaith.

Annwyl Jac
Dwi wedi bod yn dy wylio di byth ers i mi ddechrau gweithio yma, ac rwyt ti'n amlwg yn foi hyfryd. Gan 'mod i braidd yn swil, dwi ddim yn ddigon hyderus i siarad gyda ti – ond dwi am i ti wybod, taset ti'n gofyn i mi ddod am goffi gyda ti, fe fyddwn i'n siŵr o dderbyn y gwahoddiad.
Cofion cynnes
Rhian (o'r adran geginau)

O.N. Rwyt ti'n edrych yn smart iawn yn dy siwt.
O.O.N. Plis paid â sôn wrth neb am y nodyn 'ma – hyd yn oed wrtha i. Fel dwedais i, dwi'n swil iawn.

Ar ôl i ni orffen, plygais y llythyr yn daclus a'i osod ar gadair Jac lle byddai'n siŵr o'i weld.

'Wyt ti'n credu bydd ein cynllwyn bach ni'n gweithio?' gofynnodd Betsan.

'Sai'n siŵr,' atebais. 'Falle bydd Jac yn dal yn rhy swil i fynd lawr staer a gofyn iddi hi.' Meddyliais am ychydig cyn ychwanegu, 'Wn i beth wnawn ni. Dere â thudalen arall mas o'r llyfr nodiadau 'na.' Ac aethom ati i sgrifennu llythyr arall . . .

Annwyl Rhian
Dwi'n credu dy fod ti'n ferch hyfryd, a dwi wrth fy modd yn dod i'r gwaith nawr dy fod ti yma. Fe hoffwn ofyn i ti ddod mas gyda fi, ond dwi ddim yn ddigon dewr. Os byddet ti'n dod lan staer a gofyn, 'Wyt ti'n moyn gofyn rhywbeth i mi?', fe fyddwn i'n siŵr o ateb.
Gyda chofion cynnes
Jac (o'r adran ddodrefn)
O.N. Plis paid â sôn wrth neb am y nodyn 'ma

– hyd yn oed wrtha i – neu bydda i'n marw o embaras.

Aethon ni'n ôl lawr staer i'r adran geginau, ac ar y ddesg daethon ni o hyd i lyfr ac arno'r label 'Llyfr Archebion Rhian'.

'O leia ry'n ni wedi gwneud ein gorau,' dywedais gan agor y llyfr ar dudalen yr archeb olaf.

'O na!' llefodd Betsan. 'Dwi newydd feddwl am rywbeth ofnadwy! Falle na ddylen ni fod yn chwarae triciau gyda hanes.'

'Beth wyt ti'n feddwl?' gofynnais yn syn.

'Wel, dy'n ni ddim i fod yma o gwbl, nac ydyn,' atebodd Betsan. 'Ry'n ni jest wedi . . . ymddangos.'

'Ie, felly beth yw'r broblem?'

'Falle nad yw Jac a Rhian i fod gyda'i gilydd o gwbl.'

'Ond mae e'n foi hyfryd, ac yn unig a . . .'

'Nid dyna'r pwynt. Beth os y'n ni'n newid cwrs hanes trwy ddod â nhw at ei gilydd – a'u bod yn priodi a chael plentyn fydd yn dyfeisio rhyw fom erchyll fydd yn dinistrio'r byd i gyd?'

'Ond ar y llaw arall, falle bydd y plentyn yn darganfod ffordd o wella pob math o ganser,

neu'n rhoi stop ar bob rhyfel, neu . . .'

'O diar,' llefodd Betsan, 'mae'r holl beth yn rhy gymhleth o lawer i mi. Trueni na allwn ni droi at Google i chwilio am yr atebion!'

'Wel, allwn ni ddim a dyna fe. Yr unig ddewis sy ganddon ni yw gwneud beth ry'n ni'n meddwl sydd orau. Ac mae trio gwneud Jac yn hapus yn beth da, on'd yw e?'

'Ydy.'

Ac ar hynny gosodais y nodyn i mewn yn llyfr archebion Rhian, ei gau, a'i roi'n ôl ar y ddesg. Doedd dim mwy y gallen ni ei wneud.

* * *

Hanner awr ar ôl gadael y nodyn i Rhian, roedden ni'n ôl yn yr adran ddodrefn. Eisteddai Betsan ar glamp o gadair ledr fawr, yn syllu ar ffôn hen ffasiwn yn ei hymyl.

'Beth sy ar dy feddwl di?' gofynnais.

'Dwi'n dechrau teimlo'n nerfus,' cyfaddefodd Betsan. 'Falle taw mynd i weld Mam yw'r peth mwya hanner call a dwl dwi wedi'i wneud erioed. Beth am i mi drio dod o hyd i'w rhif, a'i ffonio hi?'

'Ond beth ar y ddaear fyddet ti'n ddweud?' holais.

'Dim gair, mae'n debyg, ond o leia byddwn i'n cael y pleser o glywed ei llais. Wedyn, yn y bore, gallen ni anghofio am deithio milltiroedd i ryw bentre bach yng nghanol nunlle a chanolbwyntio ar ddod o hyd i'n ffordd adre,' atebodd Betsan yn dawel.

Rhaid i mi gyfaddef, doedd yr un syniad erioed wedi swnio cystal! Ro'n i wedi cael llond bol ar fod yn 1984. Ro'n i wedi cael hen ddigon ar fod yn ofnus ac unig a llwglyd . . . ond nid dyna oedd y pwynt.

'Rwyt ti'n iawn, Betsan,' dywedais. 'Hwn ydy'r peth mwya hanner call a dwl i ti ei wneud erioed.'

A'i llygaid yn llawn dagrau, estynnodd Betsan am y ffôn. Ond rhoddais fy llaw dros ei llaw hi a'i rhwystro.

'Ond cofia hyn,' ychwanegais, 'os na fyddi di o leia'n gwneud dy orau glas i'w gweld hi, fe fyddi di'n difaru am weddill dy fywyd – a dwi ddim yn bwriadu gadael i hynny ddigwydd. Ry'n ni wedi dod cyn belled â hyn, a dyw galwad ffôn ddim yn ddigon. Fory, ry'n ni'n mynd i ddod o hyd i dy fam a . . .'

'A beth?'

'Sdim syniad gen i ar hyn o bryd, ond feddyliwn ni am rywbeth!'

Neidiodd Betsan i lawr o'r gadair a rhoi clamp o gwtsh i mi. 'Rwyt ti'n werth y byd, Mali fach,' sibrydodd. 'Allwn i byth wneud hyn hebddot ti. Nawr 'te, gwell i ni fynd i'r gwely – fe fydd fory'n ddiwrnod mawr!'

'Iawn,' atebais, 'ond rhaid i ni gymoni tipyn yn gyntaf. Helpa fi i gasglu gweddillion y 'falau. Mae gen i syniad beth i'w wneud gyda nhw . . .'

Tra oedd Betsan yn casglu'r 'falau, estynnais i am siaced Dai oddi ar gefn ei gadair. Rhois fy llaw yn un o'r pocedi, a chan deimlo twll yno rhwygais y defnydd i'w wneud yn fwy. Mewn chwinciad, roedd Betsan a fi wedi stwffio gweddillion y 'falau i mewn i'r twll ac i leinin y siaced, cyn ei hongian yn ôl yn barchus ar y gadair.

'Bydd hynna'n dysgu gwers iddo fe,' chwarddais, 'a falle na fydd e mor barod i fwlio Jac druan eto! Fydd Dai ddim mor llawn ohono'i hun pan fydd y 'falau'n pydru ac yn drewi, a'r pryfed yn ei ddilyn yn un cwmwl o gwmpas y lle!'

Chwarddodd Betsan hefyd, ac ro'n i'n falch o'i gweld yn hapus.

'Hei, beth am i ni fynd gam ymhellach?' awgrymais yn slei. 'Gallen ni chwilio am ryw

chwistrell olew, a'i ddefnyddio ar gadair Dai. Pan fydd e'n eistedd arni fory, bydd ei drowsus wedi'i ddifetha'n llwyr!'

Ond y tro hwn wnaeth Betsan ddim chwerthin. 'Mae modd mynd yn rhy bell weithie, w'st ti, Mali,' meddai mewn llais tebyg iawn i athrawes.

Yn dawel bach, ro'n i'n gwybod taw hi oedd yn iawn. Weithiau, mae hi'n berson llawer neisiach na fi.

* * *

Yn fuan iawn, roedd y ddwy ohonon ni'n cwtsio o dan y dwfe mawr meddal. Roedd yn gwneud i mi feddwl am yr amser pan o'n i'n blentyn bach, yn dringo i mewn i wely Mam a Dad gyda Ted o dan fy nghesail. Llyncais y lwmp oedd yn fy ngwddw. Ro'n i'n dyheu am fynd adre – i gyfnod pan oedd Mam a Dad yn caru'i gilydd, a phopeth o 'nghwmpas yn ddiogel a chynnes a chlyd.

Gartref y bore hwnnw ro'n i'n meddwl 'mod i wedi tyfu lan, ond nawr teimlwn fel plentyn bach eto, yn ofnus ac ar goll.

'Wyt ti weithie'n dymuno bod dy fywyd di'n wahanol?' sibrydais wrth Betsan.

‘Bob dydd,’ atebodd. ‘Bob un dydd.’

A gafaelodd amdana i, a ’nghwtsio nes bod y ddwy ohonon ni’n cwympo i gysgu’n drwm.

Pennod 17

'Mali! Mali! Deffra!'

'Dos o'ma,' cwynais. 'Dwi'n moyn cysgu.'

'Shhhh,' sibrydodd Betsan. 'Dwyt ti ddim yn cofio lle ry'n ni? Mae 'na bobl i lawr staer, a dwi ddim yn credu y byddan nhw'n hapus iawn o weld ein bod ni wedi cysgu'r nos yma!'

Chodais i erioed o'r gwely mor gyflym â'r eiliad honno. 'O mam bach!' llefais. 'Fe fyddwn ni mewn helynt ofnadwy! Rhaid i ni gymoni'r lle 'ma – glou!'

Mewn chwinciad roedden ni wedi gosod y dwfe'n weddol daclus ar y gwely, a chodi'r clustogau a daflwyd ar lawr y noson cynt. Doedd dim amser i fecso am unrhyw beth arall – roedd yn rhaid i ni wisgo'n siacedi a'n sgidiau ac estyn ein bagiau.

Tra o'n i'n stwffio'r ychydig 'falau oedd ar ôl i mewn i'r bag, cydiodd Beth yn ei ffôn a rhedeg i'r tŷ bach i lenwi'r botel ddŵr.

'Barod?' gofynnodd.

'Ydw, sbo. Heblaw am y ffaith y bydde awr arall yn y gwely'n braf, a gwybod bod clamp o frecwast o grempog a mêl a ffrwythe'n aros amdana i . . .'

'Baswn i'n gwneud y tro gydag ugain munud arall yn y gwely, a darn o dost oer.'

'Beth am ddeng munud arall yn y gwely a phowlen o gornfflêcs sogi?'

'Gallwn ni wastad freuddwydio,' chwarddodd Betsan. 'Nawr dere!'

'Ddylen ni gerdded i lawr y staer yn hamddenol, fel tasen ni'n gwsmeriaid?' holais gan osod fy nhroed ar y stepen gyntaf.

Tynnodd Betsan fi'n ôl. 'Aros,' meddai. 'Falle nad yw'r siop wedi agor eto. Falle taw lleisie'r staff glywson ni.'

Sbeciais dros ganllaw y staer a sylweddoli ei bod hi'n iawn – roedd y prif ddrws mawr yn dal ar gau. Aethon ni i guddio tu ôl i bentwr o glustogau lliwgar nes clywed sŵn allweddi'n clecian yn erbyn ei gilydd. Yn fuan wedyn cerddodd y cwsmeriaid cyntaf i mewn, a gwelsom Jac yn dechrau dringo'r staer i'r llawr cyntaf.

'Tybed ble mae Dai heddiw?' sibrydodd Betsan.

'Gobeithio bod ganddo ychydig ddyddiau o wyliau,' atebais. 'Erbyn iddo ddod yn ôl i'w waith, bydd y 'falau wedi pydru ac yn drewi. Ei fai e am fod mor gas gyda Jac!'

Gwyliodd y ddwy ohonom wrth i Jac gerddded at ei ddesg, symud ei gadair a chodi'r nodyn roedden ni wedi'i adael yno. Wrth iddo ei agor a'i ddarllen, dechreuodd ei wyneb gochi. Rhoddodd wên fach drist a chlamp o ochenaid cyn plygu'r papur yn ofalus, ei roi yn ei boced ac eistedd wrth y ddesg.

'Ro'n i'n iawn,' sibrydodd Betsan. 'Dyw e ddim yn ddigon dewr i ofyn i Rhian ddod mas gydag e.'

'Diolch byth ein bod wedi meddwl am Gynllun B, felly,' atebais. 'Mae'r cyfan lan i Rhian nawr – mae dyfodol y ddau yn ei dwylo hi,' ychwanegais yn ddramatig.

'Ti'n iawn, ond allwn ni ddim hongian o gwmpas i weld beth ddigwyddith,' atebodd Betsan. 'Rhaid i ni fynd o'r lle 'ma cyn i rywun sylwi arnon ni.'

Wrth i ni sleifio tuag at y staer, cododd Jac ei ben a'n gweld. 'Bore da, ferched,' meddai. 'Welais i mohonoch chi'n dod i mewn. Basai rhywun yn meddwl eich bod wedi aros y nos yma!' chwarddodd.

Edrychodd Betsan a fi ar ein gilydd, heb wybod beth i'w ddweud. Ond diolch byth, sylweddolon ni taw tynnu coes oedd Jac.

'Ha ha!' dywedais. 'Doniol iawn. Pwy yn y byd fyddai'n aros y nos mewn siop?'

'Ie wir,' chwarddodd Betsan. 'Am syniad twp! Welsoch chi mohonon ni'n dod lan y staer oherwydd eich bod yn brysur yn darllen rhyw lythyr . . .'

Cochodd y dyn druan hyd fôn ei glustiau eto.

'Ta beth,' meddai Betsan, 'mae'n hen bryd i ni fynd. Bydd Mam a Dad yn aros amdanon ni. Hwyl!'

Wrth i ni gerdded at y staer, gwelsom ferch ifanc bert yn cerdded lan. Yn ei llaw roedd y darn o bapur roedden ni wedi'i adael yn ei llyfr archebion. Roedd gwên fawr ar ei hwyneb wrth iddi ei blygu'n daclus a'i roi yn ei phoced.

'Rhian yw honna!' sibrydais yn gyffrous. 'Gad i ni weld beth wnaiff hi nawr . . .'

Ac wrth i ni wylio, cerddodd Rhian yn swil tuag at Jac a dweud, 'Dwi'n gwybod bod hyn yn beth od i'w ddweud, ond oes gen ti rywbeth i'w ofyn i mi?'

'Wel . . . ym . . . oes,' atebodd Jac yn nerfus. 'Mae 'na siop goffi newydd agor ar Heol y Bont a meddwl o'n i . . . tybed . . .'

'Sdim rhaid i ni glywed rhagor,' meddai Betsan gan wenu. 'Mae'n amlwg bod ein

cynllwyn bach ni wedi gweithio!'

Ac i ffwrdd â ni i lawr y staer ac allan i'r awyr iach.

* * *

Cerddon ni cyn belled â pharc bach yng nghanol y dre, ac eistedd ar fainc. Doedd gen i ddim syniad sut i dorri'r newyddion drwg i Betsan, sef nad oedd gen i syniad yn y byd sut roedden ni'n mynd i gyrraedd Rhos-goch – er 'mod i wedi cael noson gyfan i feddwl am y peth.

'Wyt ti wedi gweithio mas eto sut i deithio i Ros-goch?' holodd yn sydyn, fel tasai hi wedi darllen fy meddwl.

'Wel . . . ym . . . dwi wedi bod yn meddwl yn galed . . . ond . . .'

Torrodd Betsan ar fy nhraws. 'Sdim angen i ti fecso,' meddai'n hyderus. 'Dwi wedi cael syniad grêt!'

Suddodd fy nghalon wrth aros i glywed rhagor.

'Wyt ti'n cofio fi'n sôn am gerdded i weld Mam?' holodd.

'Ydw, ond doeddet ti ddim o ddifri . . . nac oeddet?'

'Wel, do'n i ddim ar y pryd, ond dwi wedi newid fy meddwl. Ry'n ni eisoes wedi teithio y rhan fwya o'r ffordd – does ond rhyw chwe milltir ar ôl,' atebodd Betsan. 'Dyw hynny'n ddim byd!'

Fe gerddais i chwe milltir unwaith i godi arian i achos da, a bron i'r profiad fy lladd i. Ces i bothelli mawr ar fy nhraed, ac aeth un ohonyn nhw'n ddrwg. Ro'n i mewn poen dychrynllyd, a stwff gwyrdd drewllyd yn dod mas o'r bothell am oesoedd. Doedd gen i ddim awydd mynd drwy'r profiad hwnnw byth eto!

'Fe fydden ni'n cymryd *oriau* i gerdded cyn belled â hynna!' llefais.

'Dwi'n gwybod – gorau po gyntaf i ni gychwyn, felly,' atebodd Betsan gan wenu.

'Ond . . . ond,' protestiais, 'hyd yn oed os byddwn ni'n penderfynu gwneud rhywbeth mor hanner call a dwl, sut allwn ni ddod o hyd i'r lle? Mae e yng nghanol nunlle, felly fydd 'na neb o gwmpas i ofyn iddyn nhw am gyfarwyddiadau – a does dim gobaith bod mapiau Google wedi cael eu dyfeisio ers ddoe!'

'Roedd pobl yn teithio o gwmpas am gannoedd o flynyddoedd cyn i fapiau Google gael eu dyfeisio!' chwarddodd Betsan. 'Sut

oedden nhw'n dod o hyd i lefydd?'

'Sdim syniad 'da fi! Merch o'r unfed ganrif ar hugain ydw i, cofia!'

'Chlywaist ti 'rioed am arwyddion ffyrdd, Mali fach? Dere wir, ry'n ni wedi gwastraffu digon o amser yn barod. I ffwrdd â ni!'

Syllais arni am ychydig eiliadau. 'Beth sy'n digwydd i ti?' llefais. 'Fel arfer, ti yw'r un gall a chyfrifol – felly pam yn y byd wyt ti'n gwneud y fath beth twp?'

'Sai'n gwybod, a bod yn onest,' atebodd yn dawel. 'Yr unig beth dwi yn wybod ydy taw gweld Mam yw'r peth pwysicaf yn y byd i mi – ac os awn ni adre fydd hynny ddim yn digwydd. Byth bythoedd. Dyma'r unig gyfle ga i . . .'

'Dwi *yn* deall, wir yr,' dywedais, 'ond allwn ni gerdded yr holl ffordd?'

'Gallwn, wrth gwrs,' atebodd Betsan yn gadarn. 'Mae popeth yn digwydd am reswm, w'st ti.'

'Wyt ti wir yn meddwl hynny?'

'Ydw. Sai'n credu taw damwain oedd ein bod ni wedi cerdded i mewn i Siop Sami. Roedd e'n brofiad rhyfedd, on'd oedd e?'

'Rhyfedd iawn . . .'

'Wel, dwi'n credu bod hynny'n rhan o ryw

gynllun – dwi'n credu bod Sami wedi'n hanfon ni'n ôl i 1984 yn unswydd er mwyn i mi gael gweld Mam.'

Ro'n i'n dechrau teimlo'n anghyfforddus iawn. Dyw'r math yma o beth erioed wedi apelio ata i. 'Dwi ddim wir yn credu mewn ffawd ac ati,' dywedais yn ansicr.

'Does dim rhaid i ti gredu,' atebodd Betsan. 'Gad y credu i mi – galli di jest fy nilyn i.'

'Ie, ond . . . yn dy gynllun mawr di . . . pan fyddwn ni wedi cwrdd â . . . ti'n gwybod . . . beth fydd yn digwydd wedyn?' gofynnais.

'Wel, fe awn ni'n ôl i'r ganolfan siopa a dod o hyd i'r drws i Siop Sami, a mynd adre o fan'no,' atebodd Betsan yn hyderus. 'Rwyt ti'n moyn mynd adre, on'd wyt ti?'

'Wrth gwrs fy mod i! Ond lwyddon ni ddim i ddod o hyd i'r drws 'na y dydd o'r blaen, cofio? Buon ni'n chwilio amdano am hydoedd, ond roedd e wedi diflannu'n llwyr. Beth sy'n gwneud i ti feddwl y bydd e'n ailymddangos?'

'Dwi'n gwybod nad yw hyn yn gwneud synnwyr, ond rhywsut mae'n teimlo fel tasai rhyw gyrch hud a lledrith wedi cael ei baratoi ar ein cyfer . . .'

'Rwyt ti'n iawn, a dwi ddim yn teimlo'n

gyfforddus o gwbl,' dywedais. 'Ond paid â gadael i hynny dy rwystro di,' ychwanegais wrth weld yr olwg drist ar ei hwyneb.

'Mae'n anodd esbonio,' meddai Betsan yn ddistaw, 'ond dwi'n teimlo fel tasai raid i mi wneud rhywbeth i brofi 'mod i'n haeddu'r cyfle hwn. Os galla i ddangos 'mod i'n ddigon cryf i wneud y daith, yna fe ga i weld Mam – a dyna'r peth dwi eisiau fwyaf yn y byd i gyd. A phan fydda i wedi gwneud hynny, gallwn ni'n dwy chwilio am y drws a mynd yn ôl adre.'

Do'n i ddim yn credu bod ei hesboniad yn gwneud unrhyw synnwyr – ond sut gallwn i ddadlau yn erbyn rhywbeth oedd yn golygu cymaint iddi hi?

'Beth yn union wyt ti'n ei awgrymu, felly?' gofynnais.

'Ein bod ni'n dechrau cerdded nawr, ac yn cario 'mlaen nes cyrraedd Rhos-goch. Mae'n syml!'

Do'n i ddim yn cytuno o gwbl. 'Dwyt ti ddim hyd yn oed yn hoffi cerdded!' protestiais. 'Rwyt ti wastad yn meddwl am ryw esgus i beidio mynd am dro – hyd yn oed cyn belled â'r siop!'

'Mae'n amhosib teimlo'n gyffrous ynghylch cerdded i lawr y ffordd i brynu torth o fara,'

atebodd. 'Mae hyn yn gwbl wahanol – mae'n antur!'

'Ond smo ti'n hoffi anturiaethau chwaith!'

'Dwi wedi newid fy meddwl,' atebodd Betsan dan chwerthin. Edrychai'n hapusach nag a welais hi erioed. 'Plis, plis, Mali, dere gyda fi ar yr antur arbennig yma . . .'

Sut gallwn i ddweud 'na'?

Gafaelodd y ddwy ohonon ni yn ein bagiau a pharatoi i fynd ar daith gerddded – un hir.

Pennod 18

Roedd y tywydd yn braf, ac ar ddechrau'r daith roedd popeth yn grêt – dim ond Betsan a fi, yn mwynhau cerdded yng ngwres yr haul. Ond yn fuan iawn dechreuais deimlo bod fy mag ysgol yn llawn o frics, a 'nghefn ar fin torri. Ro'n i'n dal i gario'r dŵr a gweddill y bisgedi, ac er eu bod yn drwm allwn i mo'u gadael ar ôl. Feiddiwn i ddim cwyno wrth Betsan, oedd yn cerdded yn gryf a hyderus o 'mlaen.

'Pam bod 'na gymaint o geir lliw oren?' gofynnais ymhen sbel.

'Dim syniad,' atebodd Betsan. 'A dweud y gwir, mae'r rhan fwya o'r ceir mewn lliwiau llachar fel tasai plentyn bach wedi dewis y lliw. 'Drycha ar y car porffor acw – pwy yn y byd fyddai'n dewis y fath beth?'

'Nid Mam, ta beth,' atebais. 'Mae hi wastad yn dewis ceir lliw arian, boring – ond o leia does dim angen sbectol haul i edrych arnyn nhw.'

Wrth i ni gerdded ar hyd y ffordd doedd neb yn cymryd unrhyw sylw ohonon ni, diolch byth. Rhaid eu bod yn meddwl taw dwy ferch ysgol gyffredin oedden ni. Beth fyddai eu hymateb,

tybed, tasen nhw'n gwybod y gwir – ein bod ar goll mewn amser, ac yn wynebu taith gerdded hiraf ein bywyd?

Roedd Betsan yn edrych ar ei ffôn yn aml, ac yn ei roi'n syth yn ôl yn ei phoced yn siomedig.

'Rhaid i ti wynebu ffeithiau,' dywedais wrthi. 'Dyw'r ffôn ddim yn mynd i weithio. Fydd ffonau symudol ddim yn cael eu dyfeisio am flynyddoedd eto – a hyd yn oed tasen nhw, pwy fyddet ti'n ffonio? Does neb o'n ffrindiau ni wedi cael eu geni eto!'

'Rwyt ti'n berffaith iawn,' ochneidiodd Betsan. 'Ond mae bod heb fy ffôn yn gwneud i mi deimlo'n nerfus iawn.'

'Finnau hefyd,' cyfaddefais. 'Sut yn y byd roedd pobl yn dod i ben heb ffôn symudol? Tasen nhw'n cael eu gwahanu oddi wrth eu ffrindiau mewn gig, er enghraifft – sut fydden nhw'n dod o hyd i'w gilydd?'

'Ac os oedden nhw ar wyliau, ac yn cwrdd â rhyw fachgen cŵl, sut gallen nhw dynnu llun ohono ar y slei, a'i anfon at eu ffrindiau?'

'Sut oedden nhw hyd yn oed yn *byw*?'

'Alla i ddim diodde meddwl am y peth!'

Ar ôl i ni fod yn cerdded am oesoedd, awgrymodd Betsan ein bod yn gorffwys am sbel.

'Diolch byth,' ochneidiais wrth eistedd i fwynhau afal a diod o ddŵr. Bron iawn i mi ofyn i Betsan beth oedd hi'n fwriadu i ni ei fwyta am weddill y daith – ond do'n i ddim yn awyddus i glywed ei hateb. Hyd yn oed tasai hi'n hanner marw o eisiau bwyd a diod, byddai'n fodlon cropian ar ei phedwar i weld ei mam.

Doedd fiw i ni oedi'n rhy hir, felly buan iawn roedden ni'n ôl ar yr heol. Yn fuan iawn, daethom i bentref bach gwledig. 'Hei,' meddai Betsan gan agor drws y ciosg ffôn ar ochr y ffordd, 'dwi newydd gofio rhywbeth.'

'Dwi wedi cofio rhywbeth hefyd,' dywedais yn goeglyd. 'Does 'da ni ddim arian 1984, a mwy na hynny does neb y gallwn ni eu ffonio.'

'Dwi ddim yn bwriadu ffonio neb,' atebodd Betsan, 'ond dwi'n cofio Dad yn dweud ei fod e a'i ffrindiau erstalwm yn chwilio tu mewn i bob ciosg ffôn rhag ofn bod rhywun wedi gadael arian ar ôl. Mae e wastad yn sôn am yr adeg pan ffeindiodd e bunt – a gwario'r cyfan ar losin!'

Ond doedden ni ddim mor lwcus – roedd y ciosg yn gwbl wag. 'Os bydda i byth yn gweld Dad eto,' meddai Betsan, 'atgoffa fi i beidio byth â chredu unrhyw straeon twp amdano fe'n blentyn. Mae'n flin gen i 'mod i wedi codi dy obeithion.'

'Paid â becso,' dywedais. 'Am eiliad ro'n i'n meddwl na fasen ni'n llwgu i farwolaeth wedi'r cwbl – ond dyna fe!'

'Mae'n wir flin gen i,' meddai Betsan eto.

Ond y tro hwn wnes i ddim ateb. Roedd yn rhaid i mi gadw fy nerth i wynebu gweddill y daith.

* * *

Roedd 'na lwythi o bobl o gwmpas, ac ar ôl sbel do'n i ddim yn sylwi ar eu gwalltiau mawr a'u dillad od. Roedd pawb yr un fath yn y bôn – yn brysur yn byw eu bywydau eu hunain, yn union fel Betsan a fi.

Yng ngardd un o'r tai roedd 'na fenyw yn hongian dillad ar y lein, a dau o blant bach bywiog yn rhedeg mewn cylchoedd o'i chwmpas.

Ac wrth sbecian i mewn i gegin rhyw dŷ, gwelais fenyw'n tynnu clamp o gacen o'r ffwrn a'i gosod ar ganol y bwrdd i oeri. *Trueni nad Mam yw'r fenyw 'na*, meddyliais. *Baswn i'n rhedeg i mewn, rhoi clamp o gwtsh iddi, ac eistedd wrth y bwrdd i aros iddi ddod â gwydraid o laeth a darn o'r gacen hyfryd 'na i mi. Baswn yn dweud popeth oedd wedi digwydd yn ystod y dydd, a . . .*

Ond nid Mam oedd y fenyw . . . Ac er 'mod i gyda fy ffrind gorau yn y byd, ro'n i'n dal i deimlo'n unig ac ar goll.

* * *

Buon ni'n cerdded am oriau. Erbyn hynny ro'n i ar lwgu, a 'nhraed yn gwynegu. Wrth gerdded drwy bentref bach arall, gwelais gi'n eistedd wrth ddrws ffrynt rhyw dŷ, yn cnoi asgwrn mawr. Bob hyn a hyn roedd y ci'n stopio cnoi ac yn llyfu'i weflau. Gallwn dyngu ei fod yn gwenu!

'Rhaid i ni wneud *rhywbeth,*' llefais wrth Betsan. 'Dwi mor llwglyd nes 'mod i'n teimlo'n eiddigeddus o'r ci 'na a'i asgwrn!'

Atebodd Betsan ddim, gan redeg at giosg ffôn arall eto fyth. 'Falle taw hwn fydd y ciosg lwcus!' galwodd yn obeithiol.

Wnes i ddim trafferthu ei dilyn hi. Yn hytrach, eisteddais ar y palmant gan wylio'r ci yn cnoi – a meddwl tybed pa mor llwglyd fyddai raid i mi fod cyn ymladd am ddarn o'i asgwrn.

'Chredi di mo hyn!' galwodd Betsan gan redeg o gyfeiriad y ciosg ffôn. ''Drycha beth ges i ar lawr y ciosg – darn 50 ceiniog! Ry'n ni'n gyfoethog! Tybed beth allwn ni brynu 'dag e?

Tipyn mwy nag y gallwn ni yn ein bywyd go iawn, sbo!'

'Does ond un ffordd o ffeindio mas,' atebais, 'mae 'na siop draw fan'na. Tybed beth yw pris pecyn o greision yn 1984? Gyda thipyn o lwc, falle gallen ni brynu deg pecyn – neu ragor hyd yn oed! O, dwi'n gallu eu blasu yn fy ngheg 'nawr!'

Ond rhoddodd Betsan y darn arian yn ei phoced. 'Os gwariwn ni hwn,' meddai, 'fydd 'da ni ddim byd ar ôl.'

'Ond os *na* wariwn ni fe, byddwn ni'n llwgu i farwolaeth!' atebais yn siarp.

'Pam mae'n rhaid i ti wastad fod yn gymaint o fabi?' gofynnodd Betsan yn ddiamynedd.

Yn sydyn, fedrwn i ddim dal yn ôl – a rhoddais slap galed ar draws wyneb fy ffrind.

Am ychydig eiliadau, ddywedodd neb air. Gwyliais wrth i farc coch 'run siâp â'm llaw ymddangos ar foch Betsan. Do'n i erioed yn fy mywyd wedi gwneud y fath beth o'r blaen – a baswn wedi rhoi'r byd am gael cyfle i ail-fyw'r ychydig funudau diwethaf rhag gwneud rhywbeth mor erchyll.

Er taw Betsan oedd mewn poen a sioc, y fi oedd y gyntaf i ddechrau llefain. Gafaelodd

amdanaf a rhoi cwtsh i mi – gan wneud i mi deimlo hyd yn oed yn fwy euog.

'Mae'n wir flin gen i, Mali,' dywedodd. 'Fy mai i yw hyn i gyd – roedd e'n syniad twp o'r dechrau. Dwi'n fodlon troi'n ôl os—'

'A gwneud beth yn union?'

'Gallen ni fynd yn ôl i'r ganolfan siopa a thrio dod o hyd i'n ffordd adre . . .'

'Ond beth am dy fam? Os byddwn ni'n troi'n ôl nawr, chei di byth gyfle i'w gweld hi.'

Wrth weld llygaid Betsan yn llenwi â dagrau, ro'n i'n gwybod beth oedd raid i mi wneud. 'Sai'n gwybod beth ddaeth drosof i gynnau,' dywedais. 'Mae'n wir flin gen i am dy daro di, ac am fod yn gymaint o hen fabi.'

'Popeth yn iawn,' atebodd Betsan. 'Nawr gad i ni brynu rhywbeth i'w fwyta.'

* * *

Canodd cloch yn swnllyd uwch ein pennau wrth i ni gerdded i mewn i'r siop. Roedd yn deimlad rhyfedd iawn – er bod yr holl nwyddau yn y siop yn edrych yn hen ffasiwn, fel tasen nhw wedi dod o amgueddfa, eto roedd y cyfan yn newydd sbon.

Roedd 'na bentwr o gylchgronau ar y cownter pren – ac yn eu canol gwelais deitl oedd yn gyfarwydd iawn i mi. ''Drycha ar hwn!' dywedais wrth Betsan. 'Mae Mam wastad yn mynd 'mlaen a 'mlaen amdano fe – mae'n debyg ei bod yn arfer ei brynu bob wythnos pan oedd hi yn ei harddegau. Rhaid ei bod hi'n byw bywyd trist iawn os taw dyna uchafbwynt yr wythnos iddi hi!'

'Falle y dylet ti brynu copi i'w roi'n anrheg iddi hi?' awgrymodd Betsan.

Teimlwn drueni drosti – roedd hi wastad mor feddylgar, er nad oedd hi 'rioed wedi cael cyfle i brynu anrheg i'w mam ei hun.

'Diolch i ti am feddwl,' atebais, 'ond dwi'n siŵr y byddai'n well gan Mam ein bod ni'n gwario'r arian ar gadw'n fyw yn hytrach nag ar ryw hen gylchgrawn!'

'Dwi'n cytuno,' chwarddodd Betsan. 'Nawr gad i ni weld beth allwn ni brynu.'

Wrth edrych ar brisiau'r gwahanol nwyddau yn y siop, buan iawn y sylweddolon ni na fyddai'r arian yn mynd yn bell iawn. Doedd e ddim hyd yn oed yn ddigon i brynu torth o fara!

Yn sydyn, gwelais fasged mewn cornel o dan y ffenest, a honno'n llawn i'r ymylon o fisgedi.

Yn well fyth, roedd label mawr yn cyhoeddi: Cynnig Arbennig! Dau baced o fisgedi am 40c!

Fel arfer, gallai Betsan a fi ddadlau am hydoedd ynghylch pa fisgedi i'w dewis, ond y tro hwn cythrodd y ddwy ohonon ni am becyn yr un a'u hestyn i'r hen wraig y tu ôl i'r cownter.

'Gwell i mi'ch rhybuddio chi, ferched,' meddai mewn llais bach gwichlyd, 'rhaid i chi fwyta'r bisgedi'n reit sydyn. Maen nhw wedi bod mewn stoc ers tro byd – dyna pam maen nhw mor rhad.'

Fedrwn i ddim peidio â chwerthin. Hyd yn oed tasai'r bisgedi yno ers blynyddoedd, fyddai hynny'n effeithio dim arna i!

Talodd Betsan am y bisgedi, a chafodd ddarn deg ceiniog yn newid. 'Beth allwn ni brynu gyda hwn?' gofynnodd i'r hen wraig.

'Dim llawer, mae arna i ofn. Deg o'r losin yma, falle?' awgrymodd, gan ddangos jar yn llawn o ryw losin afiach yr olwg.

'Diolch, ond byddai bwyd go iawn yn well,' atebais.

'Wel wir, dyna anghyffredin!' chwarddodd yr hen wraig. 'Dyw plant ddim fel arfer yn gwrthod losin! Y broblem yw, does dim "bwyd go iawn" i'w gael am ddeg ceiniog. Beth sy 'da chi mewn golwg?'

Edrychais o gwmpas y siop. Beth oedd gen i mewn golwg? Ble gallwn i ddechrau? Powlenaid o gawl tomato? Stiw a llysiau? Cornfflêcs a llaeth oer? Neu . . .

Yn sydyn, gwelais rywbeth gwerth chweil ar silff y tu ôl i'r cownter – plât yn cynnwys clamp o frechdan wedi'i llenwi â chyw iâr a salad.

'Faint yw'r frechdan acw, os gwelwch yn dda?' gofynnais i'r hen wraig.

'Dyw hi ddim ar werth,' chwarddodd. 'Fy nghinio i yw honna!'

Brathais fy nhafod i geisio arbed y dagrau rhag llifo. Roedd y frechdan yn edrych *mor* flasus, a do'n i ddim yn cofio pryd gawson ni bryd o fwyd go iawn.

'Beth sy'n bod, bach?' gofynnodd yr hen wraig. 'Wyt ti wir mor llwglyd â hynna?'

Fedrwn i ddim cael y geiriau mas o 'ngheg, ond yn ffodus daeth Betsan i'r adwy.

'Ry'n ni wedi bod yn cerdded am hydoedd,' meddai, 'ar ryw fath o antur. Roedd Dad wedi paratoi pecyn bwyd i ni, ond rhywsut neu'i gilydd ry'n ni wedi ei golli . . . a fyddwn ni ddim adre am orie a—'

'O na! Druan ohonoch chi. Dwi'n cofio'n sut beth yw bod yn ifanc a wastad eisiau bwyd. Fe

gewch chi'r frechdan â chroeso.'

'Diolch yn fawr am y cynnig, ond allen ni byth gymryd eich cinio chi,' protestiais.

'Sdim angen i ti fecso,' atebodd yr hen wraig. 'Mae fy ŵyr yn fachgen diog – nid fel chi'ch dwy. Mae e nawr yn eistedd yn y stafell gefn yn gwylio sothach ar y teledu. Fe ofynnaf iddo fe baratoi brechdan arall i mi – bydd yn dda iddo gael rhywbeth i'w wneud!'

Estynnodd yr hen wraig am y frechdan a'i rhoi mewn bag papur. Cododd y jar losin oddi ar y silff a chyfri tua hanner cant ohonyn nhw i mewn i fag arall cyn estyn y ddau fag i mi. Cymerodd yr arian o law Betsan a'i roi yn y til hen ffasiwn – ond yn sydyn newidiodd ei meddwl.

'Dyma ti,' meddai wrth Betsan gan roi'r arian yn ôl iddi, 'cadwa fe. Trît bach i ddwy ferch hyfryd. Joiwch y cinio, a gobeithio y byddwch chi'n mwynhau gweddill yr antur. Pob hwyl i chi!'

'O, fe wnawn ni,' dywedais wrth gerdded tuag at y drws. 'A diolch yn fawr iawn, iawn i chi am bopeth.'

Aethon ni i eistedd ar fainc ar gyrion y pentre, a rhannu'r frechdan. Doedd dim byd

erioed wedi blasu mor dda! Pan oedd pob briwsionyn wedi'i fwyta, llyfais fy mysedd cyn bwyta hanner y losin a chwpwl o fisgedi. Ar ôl cael diod o ddŵr, codais ar fy nhraed.

'Pa mor bell yw Rhos-goch erbyn hyn?' gofynnais.

'Ry'n ni newydd basio arwyddbost – welaist ti mohono fe?' atebodd Betsan. 'Rhyw dair milltir, dwi'n credu.'

'Jiw! Dyw hynny'n ddim byd! Fe fyddwn ni yno mewn chwinciad chwannen!' dywedais.

Pennod 19

'Wyt ti wedi penderfynu eto beth i'w ddweud?' gofynnais.

'Dweud wrth bwy?' atebodd Betsan.

'Wrth dy fam, wrth gwrs!' Ro'n i'n gwybod taw dim ond esgus oedd Betsan – doedd dim byd arall ar ei meddwl.

'Naddo, dim wir – dwi jest yn gobeithio y bydda i'n gallu meddwl am rywbeth pan wela i hi.'

Ro'n i'n ofni y bydden ni'n tair – Betsan, ei mam a finnau – yn sefyll yn fud yn chwilio am rywbeth i'w ddweud. Oedden ni'n mynd i orfod trafod y tywydd, neu brisiau bwyd, neu rywbeth diflas arall?

'Mae Mam wastad yn dweud taw'r peth gorau i'w wneud mewn sefyllfa fel'na yw gofyn cwestiynau i'r person arall,' dywedais. 'Yn ôl Mam, mae pawb yn hoffi siarad amdanyn nhw'u hunain.'

'Chwarae teg i dy fam, mae hi wastad yn rhoi cyngor da i ti,' meddai Betsan.

'Basai dy fam dithau wedi bod 'run fath, dwi'n siŵr,' dywedais, 'tasai hi . . .'

'Basai, mae'n debyg . . .'

Buon ni'n cerdded am sbel heb ddweud 'run gair, ond yn sydyn meddyliais am rywbeth. 'Cofia un peth,' dywedais, 'rhaid i ti beidio ar unrhyw gyfri â dweud wrth dy fam pwy ydyn ni. Addo? Sda ni ddim syniad beth sy'n digwydd i ni – ac yn sicr fydd ganddi hi ddim clem. Dwyt ti ddim am i dy fam dy hun feddwl ein bod ni'n hanner call a dwl, nag wyt?'

'Nac'dw, ond . . .'

'Does dim "ond" o gwbl – os na wnei di addo i mi, dwi'n troi'n ôl y funud hon, iawn?'

Trois i wynebu'r ffordd arall a chymryd cam neu ddau ymlaen er mwyn iddi hi weld 'mod i o ddifri.

'Paid â mynd, Mali, plis. Ti sy'n iawn, sbo – ddweda i 'run gair.'

'A phaid â dweud wrthi o ble ry'n ni'n dod chwaith. Os bydd hi'n clywed ein bod ni'n dod o rywle'n agos at ei chartre hi, mae hi'n siŵr o amau rhyw ddrwg yn y caws. Bydd hi'n methu deall pam nad yw hi'n ein nabod ni, neu pam nad y'n ni'n nabod 'run o'i ffrindie hi.'

'Ond beth os bydd hi'n gofyn?'

'Wel, fe ddwedwn ni ein bod yn dod o Gaerdydd. Fydd dim disgwyl i ni nabod pawb yn fan'no.'

'Iawn. Unrhyw beth arall?' gofynnodd Betsan yn goeglyd.

'Mae 'na un peth arall i ti feddwl amdano cyn i ni fynd dim pellach,' dywedais yn dawel. Oedais am ychydig cyn dweud rhagor – hwn oedd y darn anodd. 'Beth taset ti'n teimlo'n waeth ar ôl gweld dy fam, yn hytrach nag yn well?' gofynnais o'r diwedd.

'Diolch i ti am dy gonsýrn,' atebodd Betsan, 'ond dwi'n hollol siŵr 'mod i'n gwneud y peth iawn. Falle na ddylwn i ddim conan – mae Dad wastad wedi bod yn wych, chwarae teg – ond ar hyd fy mywyd dwi wedi teimlo 'mod i wedi cael fy nhwyllo oherwydd na ches i erioed gyfle i nabod Mam.'

'Dwi'n deall hynny, ond ar hyn o bryd dwyt ti ddim wir yn gwybod beth rwyt ti wedi'i golli. Ond wedyn—'

Torrodd Betsan ar fy nhraws. 'Wyt ti'n cofio'r fenyw 'na, ffrind i dy fam, fu farw y llynedd?' gofynnodd.

'Anwen wyt ti'n feddwl?'

'Ie – ac wyt ti'n cofio sut roedd pawb yn teimlo trueni dros ei mab?'

'Ydw . . .'

'Ro'n innau'n teimlo trueni drosto fe hefyd,

ond ar y llaw arall byddai'n well gen i fod yn ei sefyllfa fe ar y pryd. O leia roedd e wedi cael cyfle i nabod ei fam. Roedd e'n gwybod pa fath o wyneb a pha fath o lais oedd ganddi hi. Roedd e wedi cael cyfle i gael ei gwtsio gan ei fam, a gwrando arni'n darllen straeon iddo fe. Roedd e'n gwybod yr holl bethau na cha i byth gyfle i'w gwybod.'

'Ond dwyt ti ddim yn meddwl bod hynny'n gwneud y sefyllfa'n fwy anodd iddo fe?' holais. 'Falle bod colli rhywun rwyt ti'n 'i nabod hyd yn oed yn waeth?'

'Na, sai'n credu,' atebodd Betsan. 'Fel hyn dwi'n ei gweld hi. Dychmyga dy fod wedi cael gwahoddiad i barti hollol wych – lle mae 'na fwyd ffantastig, ffynnon siocled, cerddoriaeth fyw, a thri grŵp o fechgyn cŵl yn canu. Alli di ddychmygu hynna?'

'O gallaf,' chwarddais. 'Mae'n swnio'n grêt!'

'Felly, taset ti'n gofyn i dy fam a gei di fynd i'r parti, a hithau'n rhoi dewis i ti, beth fyddet ti'n wneud?'

'Mae'n dibynnu ar y dewis, wrth gwrs . . .'

'Beth fyddai orau gen ti – bod dy fam yn dweud "na, chei di ddim mynd i'r parti," neu "fe gei di fynd i'r parti, ond dim ond am awr". P'un fyddet ti'n ddewis?'

'Mae hynna'n gwestiwn twp!' atebais. 'Baswn i'n dewis mynd dim ond am awr, wrth gwrs!'

'Dyna'r pwynt dwi'n drio'i wneud. Ar ôl awr, byddet ti'n drist wrth orfod gadael, ond o leia byddet ti wedi blasu'r bwyd a'r siocled, wedi clywed y gerddoriaeth, ac wedi mwynhau'r grwpiau cŵl yn canu. Byddai gen ti atgofion hapus am y noson. Ac yn nes 'mlaen, pan fyddai dy ffrindiau i gyd yn dweud pa mor wych oedd y parti, byddet ti'n gallu ymuno yn y sgwrs a dweud, "O ie, wna i byth anghofio'r noson honno!" Dyna'r cyfan dwi eisiau, Mali – ychydig o atgofion i'w trysori. Ydy hynny'n ormod i'w ofyn?'

'Nac ydy, wrth gwrs,' atebais yn dawel, 'dyw e ddim yn ormod o gwbl.'

Pennod 20

Erbyn hyn roedden ni wedi bod yn cerdded am oriau, ac ro'n i wedi hen ddiflasu ar weld dim byd ond caeau a choed o 'nghwmpas. Ychydig iawn o gerbydau oedd ar y ffordd hefyd, a doedd 'na ddim hyd yn oed anifeiliaid yn y caeau i dynnu ein sylw.

Bob hyn a hyn roedd Betsan yn llawn bywyd, ac yn cerdded yn rhy gyflym i mi. Ar adegau eraill roedd hi'n llusgo'i thraed yn ofnadwy, fel tasai ganddi ddim awydd o gwbl mynd i Ros-goch.

Ro'n i'n gallu synhwyro beth oedd yn bod – roedd arni ofn.

* * *

Ymhen sbel, fe ddaethon ni at bentre bach arall.

'Waw!' llefodd Betsan. 'Siopau! Tai! Pobl! Bydd yn ofalus, Mali – gallai'r holl gyffro fod yn ormod i ti!'

Cerddon ni ymlaen i ganol y pentre, a sefyll y tu allan i siop fferyllydd gan edrych yn y ffenest.

'Does dim pwynt edrych mewn ffenestri

siopau,’ meddai Betsan. ‘Does ganddon ni ddim arian i brynu unrhyw beth.’

Roedd hi ar fin cerdded i ffwrdd pan afaelais yn ei braich. ‘O mam bach!’ llefais. ‘’Drycha beth sy yn y gornel acw!’

‘Os nad oes ’na arwydd yn dweud “BWYD AM DDIM YMA”, does gen i ddim diddordeb,’ meddai Betsan.

‘Rhaid i ti edrych ar hyn,’ mynnais. ‘Alla i ddim credu’r peth – Blodau’r Grug!’

‘Am beth wyt ti’n sôn?’ gofynnodd Betsan yn siarp.

‘Blodau’r Grug – hoff bersawr Mam pan oedd hi’n ifanc,’ atebais yn gyffrous. ‘Roedd hi’n mynd ’mlaen a ’mlaen am y peth pan welais hi ddoe . . . heddiw . . . pryd bynnag . . . Baswn i wrth fy modd yn gallu prynu peth iddi hi. Gad i ni fynd i mewn i’r siop.’

Gwenodd y fenyw y tu ôl i’r cownter yn glên arnon ni, fel tasai hi’n falch o’n gweld. Falle taw ni oedd cwsmeriaid cyntaf y dydd!

‘Shwmai, ferched,’ meddai. ‘Sut galla i eich helpu chi?’

‘Y botel o Blodau’r Grug yn y ffenest . . .’ dywedais.

‘Wel wir! Ydy hi’n dal yno?’ gofynnodd y

fenyw, fel tasai hi wedi anghofio'r cyfan am y peth. 'Rhaid taw honna yw'r un olaf yn y siop. Mae e wedi bod yn bersawr poblogaidd iawn.'

'Mae Mam yn dwlu arno fe,' dywedais. 'Faint yw e, os gwelwch yn dda?' Teimlwn yn dwp yn gofyn y fath gwestiwn, gan taw dim ond deg ceiniog oedd gen i yn fy mhoced.

'Dwy bunt pum deg ceiniog, bach,' atebodd y fenyw.

Mam druan, meddyliais. *Dyw hi'n dymuno dim mwy na chael bywyd tawel. Ond mae ei gŵr yn penderfynu symud i Affrica, a nawr mae ei hunig ferch wedi diflannu i'r gorffennol – a does gan honno ddim digon o arian i brynu'r un peth fyddai'n gwneud ei mam yn hapus.*

'Yn anffodus,' dywedais wrth y fenyw gan droi tuag at y drws, 'does gen i ddim digon o arian. Diolch yn fawr ta beth.'

'O, dyna drueni,' atebodd y fenyw, yn llawn cydymdeimlad. 'Mae'n flin gen i dy siomi di, bach. Aros funud – falle y galla i helpu wedi'r cwbl. Mae gen i lond drôr o samplau fan hyn – falle bod 'na botelaid bitw bach o Blodau'r Grug yn eu plith. Byddai hynny'n well na dim, nes bydd gen ti ddigon o arian i brynu potelaid gyfan.'

'O, byddai hynny'n wych! Diolch yn fawr!' dywedais.

Tra oedd y fenyw'n brysur yn chwilota, cerddodd Betsan a fi o gwmpas y siop yn edrych ar y silffoedd. Roedden nhw'n llawn o sebonau lliwgar ar linyn, a photeli o swigod bath mewn siâp cymeriadau cartŵn nad oedden ni erioed wedi clywed amdanyn nhw. Roedd e'n brofiad rhyfedd iawn . . .

'Newyddion da, ferched!' galwodd y fenyw, gan godi potel bitw bach o'r pentwr o boteli amrywiol ar y cownter. 'Ro'n i'n meddwl bod un yma yn rhywle. Cofiwch chi, mae hi yma ers amser hir – gobeithio bod y persawr yn dal i arogli fel y dylai.'

Estynnodd y botel i mi ac agorais hi'n ofalus. Sniffiais – oedd, roedd e'n union fel y dylai fod, yn felys ac yn arogli o flodau.

'Diolch o galon i chi,' dywedais wrth y fenyw gan roi'r caead yn ôl ar y botel a'i rhoi yn fy mhoced. 'Ry'ch chi'n garedig iawn.'

'Croeso, bach,' atebodd. 'Mae dy fam yn lwcus iawn i gael merch mor feddylgar â ti. A chofia, pan fydd gen ti ddigon o arian i brynu'r botel gyfan, dere'n ôl yma – bydda i'n ei chadw'n saff i ti.'

'Wna i ddim anghofio,' dywedais wrthi.
A wna i ddim, chwaith – byth bythoedd.

Pennod 21

Ar ôl gadael y pentref, a cherddded am sbel, gwelson ni fenyw yn mynd â'i chi am dro.

'Diolch byth – gallwn ni ofyn am gyfarwyddiadau,' meddai Betsan. 'Dwi wedi cael llond bola ar gerdded y ffyrdd gwledig 'ma heb unrhyw syniad pa ffordd i fynd. Mae'n teimlo fel misoedd ers i ni weld unrhyw beth heblaw rhyw hen dractor.'

Roedd y fenyw â'r ci yn glên iawn – falle ei bod hithau'n falch o gael rhywun i sgwrsio â hi! Wnaeth hi ddim gofyn unrhyw gwestiynau anodd pan ddywedon ni pa dŷ roedden ni'n chwilio amdano.

'O, does 'da chi ddim llawer o ffordd i fynd,' meddai. 'Ewch lan at y gyffordd nesaf, troi i'r chwith, ac wedyn cymryd y tro cyntaf i'r dde. Mae'r teulu Parri'n byw ychydig fetrau o'r gornel – tŷ gyda drws coch. Allwch chi mo'i fethu e. Pob hwyl!'

Ac i ffwrdd â hi a'r ci, gan ein gadael ar ein pennau ein hunain unwaith eto.

Dalion ni i gerdded, gan ddilyn y

cyfarwyddiadau – ac er efallai nad oedd yn bell, teimlai fel mil o filltiroedd. Doedd Betsan yn fawr o help – yn hytrach na llamu 'mlaen fel roedd hi'n gynharach, roedd hi bellach yn symud yn debycach i grwban.

'Dere, wir, Betsan,' dywedais wrthi. 'Alli di ddim cerdded yn gyflymach? Dwi'n gwybod dy fod ti'n nerfus, ond—'

Cyn i mi orffen y frawddeg, torrodd Betsan ar fy nhraws.

'Alla i ddim credu'r peth!' llefodd, gan syllu ar hen ffermdy rhyw ddau can metr o'n blaenau. 'Dacw fe – dwi'n nabod y lle!'

'Wyt ti wedi bod yma o'r blaen?'

'Naddo, ond roedd 'na lun ar y wal yn ein hen gartre. Ro'n i wastad wedi meddwl taw rhyw lun o lyfr oedd e. Feddyliais i erioed ei fod yn dŷ go iawn a phobl yn byw ynddo fe!' Safodd yn ei hunfan gan syllu'n gegrwth ar yr olygfa o'i blaen. 'Ry'n ni wedi llwyddo, Mali,' sibrydodd. 'Ry'n ni yma – o'r diwedd. Alla i ddim credu'r peth . . .'

'Ym . . . Betsan . . .' mentrais ar ôl sbel o ddistawrwydd, 'beth wnawn ni'n awr?'

'Mynd at y tŷ, wrth gwrs,' atebodd yn hyderus, 'i weld os yw Mam yno.'

Dechreuodd gerdded yn ei blaen, cyn troi ata

i a rhedeg ei bysedd drwy ei gwallt, oedd heb ei olchi na'i frwsio ers dyddiau. 'Ydw i'n edrych yn iawn?' gofynnodd.

'Wyt, grêt,' atebais, 'ond . . . ym . . . mae dy wyneb di braidd yn frwnt.'

Rhwbiodd ei hwyneb â'i llawes. 'Well nawr?'

'Gwaeth os rhywbeth!' atebais. 'Rhaid gwneud rhywbeth ar frys . . . mae hyn yn argyfwng! Wn i . . .' A heb ddweud rhagor, estynnais facyn o 'mhoced, poeri arni a'i defnyddio i sychu wyneb Betsan. 'Dyna beth roedd Mam yn arfer ei wneud pan o'n i'n blentyn bach,' dywedais gan chwerthin.

Yn rhyfedd iawn, wnaeth Betsan ddim protestio o gwbl. Syllodd arna i â'i llygaid mawr glas, fel tasai hi'n dibynnu arna i i'w helpu. Cefais y teimlad taw fi oedd yn gofalu amdani, a 'nghyfrifoldeb i oedd ei gwneud yn hapus.

'Barod?' gofynnais. Nodiodd hithau.

'Dere, 'te. Rwyt ti wedi aros oes gyfan am y cyfle yma.'

A chan wneud fy ngorau glas i ymddangos yn hyderus, arweiniais y ffordd tuag at yr hen ffermdy.

* * *

Wrth i ni gerdded ar hyd y lôn fach, rhedodd clamp o gi defaid cyfeillgar i gwrdd â ni. Ar ôl i ni ei ganmol trodd i wynebu'r tŷ, fel petai'n ein harwain ni yno. Am eiliad, meddyliais falle bod Sami wedi anfon y ci i'n harwain ni ar gam olaf ein taith hir – ond gwthiais y syniad hwnnw o'm meddwl. Roedd yr holl beth yn ddigon rhyfedd yn barod . . .

Wrth i Betsan a fi ddilyn y ci mewn distawrwydd llethol, teimlwn fel tasai'r byd wedi arafu – neu 'mod i'n chwarae rhan cymeriad mewn ffilm. Doedd dim byd yn teimlo'n real, rhywsut.

Yn ymyl y ffermdy roedd clamp o hen goeden, ac un gangen yn gwyro'n is na'r gweddill. Ar y gangen isel honno roedd siglen . . . a merch ifanc yn eistedd arni.

Roedd y ferch yn wynebu oddi wrthon ni, ond wrth i'r siglen symud taflodd ei phen yn ôl gan adael i'w gwallt hir, tywyll gyffwrdd y llawr oddi tani.

Meddyliais am y llun mae Betsan yn ei gadw wrth ochr ei gwely – llun o fenyw flinedig yr olwg, a llond pen o wallt tywyll.

'Ife honna yw . . ?' sibrydais, yn rhy ofnus i orffen y cwestiwn.

'Mae'n anodd dweud,' atebodd Beth. 'Dwi ddim ond wedi gweld lluniau ohoni, cofia. Mae'r rhan fwya o'r rheiny yn nhŷ Mam-gu, a dwi heb edrych arnyn nhw ers oesoedd. Ond mae hi tua'r maint iawn, a'r oedran iawn, ac mae ei gwallt yn union fel ro'n i wedi'i ddychmygu.'

Yn sydyn, neidiodd y ferch oddi ar y siglen a'n gweld ni. Dechreuodd gerdded tuag atom.

Doedd dim rhaid i mi ofyn y cwestiwn holl bwysig i Betsan – roedd yr olwg ar ei hwyneb yn dweud y cyfan. Edrychai fel petai newydd weld ysbryd . . .

'Shwmai?' meddai'r ferch. 'Jiw, ges i ofan! Do'n i ddim wedi'ch clywed chi'n dod. Ond mae Fflos yn amlwg wedi cymryd atoch chi – ac mae e'n un da am wybod os yw rhywun yn ffrind ai peidio.'

Ar yr olwg gyntaf, doedd y ferch ddim yn edrych yn debyg i Betsan. Doedd ei gwallt na'i chroen ddim yr un lliw, a lle mae Betsan yn denau ac athletaidd yr olwg, roedd y ferch yma'n gryf a chadarn o gorff. Ond pan ddaeth i sefyll rhyw fetr o'n blaenau, fedrwn i ddim peidio â gollwng rhyw ochenaid fach.

Edrychais o un ferch i'r llall, gan symud fy mhen o ochr i ochr fel taswn i'n gwylio gêm o

dennis. Doedden nhw, wrth gwrs, ddim yn gweld beth welwn i – sef bod eu llygaid mawr glas golau yr un ffunud â'i gilydd.

'Mae'n wir flin gen i,' dywedais. 'Doedden ni ddim wedi bwriadu rhoi braw i ti.'

'Dim problem,' atebodd y ferch gan wenu. 'Mae'n grêt gweld rhywun arall am newid – dim ond fi, Mam-gu a Tad-cu sy 'ma, ac mae'n llawer rhy ddistaw i mi. O, Ffion ydw i, gyda llaw.'

'Mali ydw i,' dywedais, 'a dyma Betsan.'

'Betsan, ife?' atebodd yn araf. 'Dwi wrth fy modd gyda'r enw yna . . .' Wrth siarad, estynnodd ei llaw a gafael yn llaw Betsan am amser hir.

Do'n i erioed yn fy mywyd wedi teimlo mor drist. Gwyliais, a lwmp mawr yn fy ngwddw, wrth i'm ffrind gorau afael yn llaw y fam nad oedd hi wedi cael cyfle i'w nabod, a Ffion yn syllu ar y ferch na chafodd ei gweld yn tyfu i fyny.

Roedd Betsan yn amlwg yn cael trafferth i ddal y dagrau'n ôl – ac nid hi oedd yr unig un. Llyncais yn galed wrth weld y ddwy'n edrych ar ei gilydd. Pam yn y byd o'n i wedi bod mor dwp â gadael i Betsan fy mherswadio bod hyn yn syniad da?

Yn sydyn, clywais Betsan yn gwneud rhyw sŵn rhyfedd yn ei gwddw, gollyngodd ei gafael ar law Ffion, a chymerodd gam yn ôl. 'Alla i ddim gwneud hyn, sorri – rhaid i mi fod ar ben fy hun am 'chydig,' sibrydodd.

'Wyt ti am i mi ddod gyda ti?' gofynnais yn bryderus.

Atebodd hi ddim, a dechreuodd gerdded yn ôl i lawr y lôn at y ffordd fawr.

Syllodd Ffion arna i mewn penbleth. 'Fydd hi'n iawn, ti'n meddwl?' gofynnodd. 'Beth sy'n bod arni? Ydy hi'n dost neu rywbeth?'

Sut gallwn i hyd yn oed ddechrau esbonio? Fedrwn i ddim dweud y gwir plaen wrth Ffion, felly roedd yn rhaid i mi feddwl am ryw gelwydd golau – un y byddai hi'n ei gredu, ac na fyddai'n gwneud i Betsan druan swnio fel rhywun hanner pan. Wedi'r cwbl, ro'n i'n awyddus iawn i Ffion ei hoffi hi.

'Dyw hi ddim fel arfer yn ymddwyn fel hyn,' dywedais. 'Mae hi wastad yn llawn bywyd, yn ddoniol, yn glyfar ac yn ddewr, ac mae hi'n gallu gwneud pob math o bethau, ond yn anffodus mae hi wedi cael amser caled iawn yn ddiweddar. Mae—'

'Beth?'

Llifodd y geiriau mas o ’ngheg cyn i mi allu eu rhwystro. ‘Mae hi wedi bod yn ymddwyn yn od yn ddiweddar oherwydd bod ei mam wedi marw,’ dywedais. O leia do’n i ddim yn dweud celwydd.

‘O na! Druan â hi,’ dywedodd Ffion yn llawn cydymdeimlad. ‘Dim rhyfedd ei bod hi’n teimlo mor drist. Mae’n rhaid bod tyfu lan heb fam yn beth ofnadwy. Ers pryd mae ei mam wedi marw? Yn ddiweddar?’

Nage, ddim yn hollol.

Mewn un ffordd, dyw hi ddim wedi marw eto.

Mewn ffordd arall, mae hi’n dal yn fyw iawn.

A dweud y gwir, mae hi’n sefyll o ’mlaen i y funud hon yn gofyn llwythi o gwestiynau anodd.

‘Wel, ie . . . sbo,’ dywedais yn ansicr.

‘O, am drist!’ llefodd Ffion. ‘Wyt ti’n meddwl y dylen ni fynd ar ei hôl hi i wneud yn siŵr ei bod yn iawn?’

‘Falle y byddai’n well i mi fynd fy hun, diolch i ti.’

‘Ti’n iawn,’ meddai Ffion. ‘Roedd hwnna’n syniad twp – dyw hi ddim eisiau rhywun dieithr o’i chwmpas ar adeg fel hyn. Dos di.’

Ro’n i’n ysu am gael dweud y geiriau oedd yn fy mhen:

Dwyt ti ddim yn ddieithr o gwbl.

Ti yw ei . . .

'Pan fydd Betsan yn teimlo'n well, mae croeso i chi ddod yn ôl yma,' meddai Ffion.

'Diolch yn fawr. Gawn ni weld sut bydd pethe'n troi mas, ife?' dywedais.

A dechreuais gerdded yn ôl ar hyd y lôn i chwilio am fy ffrind.

Pennod 22

Roedd Betsan yn eistedd ar wal isel, rhyw hanner ffordd ar hyd y lôn fach. Edrychai'n welw ac yn drist wrth droi cudyn o'i gwallt rownd a rownd ei bys. Eisteddais wrth ei hochr a rhoi cwtsh iddi.

'Dylwn i fod gwrando arnat ti o'r cychwyn cyntaf,' meddai Betsan yn dawel. 'Mae'r cyfan yn drychineb. Rhaid ei bod hi'n meddwl 'mod i'n dwpsen. Mae'n siŵr ei bod wedi mynd i ddweud wrth ei mam-gu am y ferch od sy'n hongian o gwmpas y ffermdy. Falle y bydd hi hyd yn oed yn ffonio'r heddlu!'

'Na, na, wnaiff hi mo hynny,' cysurais hi. 'Dwi wedi dweud wrthi hi merch mor ffantastig wyt ti.'

'Sut wnest ti esbonio'r ffaith 'mod i wedi rhedeg bant, yn llefain fel babi?'

'Wel . . . dwedais wrthi fod dy fam wedi marw. Gobeithio nad wyt ti'n malio. Roedd hi'n syllu i fyw fy llygaid i, a fedrwn i ddim meddwl am ddim byd arall i'w ddweud. Mae e'n wir mewn ffordd . . . a . . . wel, ro'n i am iddi hi dy hoffi di.'

'Diolch, Mali – rwyt ti'n ffrind da.'

'Mae'n wir flin gen i,' dywedais yn benisel. 'Fy

mai i yw'r cyfan. Er dy fod ti mor awyddus i wneud hyn, dylwn i fod wedi dy rwystro di. Dylwn fod wedi sylweddoli bod y cyfan yn rhy anodd ym mhob ffordd.'

'Ti'n iawn, *mae* e'n rhy anodd. Yn fwy anodd o lawer nag o'n i wedi'i ddychmygu.'

Whiw! Diolch byth! meddyliais. Dyna ddiwedd ar yr antur. 'Felly gallwn ni—' dechreuais.

Torrodd Betsan ar fy nhraws. 'Ond sdim gwahaniaeth pa mor anodd yw e – dwi'n benderfynol o fwrw 'mlaen ta beth.'

'Ond . . .'

'Ti yw fy ffrind gorau i, Mali, ac rwyt ti'n fy nabod i'n well na heb arall – ond dwyt ti, hyd yn oed, ddim yn deall sut dwi'n teimlo. Rhaid i mi fynd yn ôl i weld Ffion eto. Rhaid i mi siarad gyda hi.'

'Ond . . .'

'Dyma fy unig gyfle i – rhaid i mi wneud y gorau ohono.' Oedodd am eiliad cyn ychwanegu mewn llais tipyn hapusach, 'Sut gallwn i roi lan nawr? Dwi ddim hyd yn oed wedi gofyn iddi pa un yw ei hoff liw hi! Ti'n dod?' gofynnodd, gan neidio oddi ar y wal.

'Weles i erioed berson mor ddewr â ti,' sibrydais.

'Allwn i byth ei wneud e hebddot ti'n gefn i mi,' sibrydodd hithau wrth i'r ddwy ohonon ni gerdded yn araf i lawr y lôn tuag at y ffermdy.

* * *

Roedd Ffion yn ôl ar y siglen pan gyrhaeddon ni, ond y tro hwn roedd hi'n wynebu tuag atom. Cyn gynted ag y gwelodd ni'n cerdded tuag ati, neidiodd i lawr a rhedeg i gwrdd â ni. Roedd y wên ar ei hwyneb yn dangos mor falch oedd hi o'n gweld.

Doedd hi'n amlwg ddim yn becso taten bod ei ffrindiau newydd yn gwisgo dillad na fyddai'n ffasiynol am ryw 30 mlynedd arall – nac yn becso chwaith eu bod nhw heb gael cawod ers dyddiau!

Tynnodd Betsan anadl ddofn. 'Mae'n flin gen i am redeg bant fel'na. Roedd 'na rywbeth wedi f'ypsetio i, ond gwell gen i beidio siarad amdano fe os yw hynny'n iawn 'da ti.'

Taflodd Ffion gipolwg arna i a gwenu. 'Dim problem o gwbl. Nawr beth am i ni fynd i eistedd yn yr ardd am sbel?'

* * *

'Dwi'n dod yma i aros gyda Mam-gu a Tad-cu bob gwyliau haf,' meddai Ffion. Erbyn hynny roedden ni'n tair yn eistedd ar flanced wedi'i thaenu yng nghysgod y goeden. 'Mae'n rhyfedd, felly, 'mod i erioed wedi'ch gweld chi o'r blaen. Ydych chi'n byw yn y pentre?'

'Ym . . . na, dy'n ni ddim yn byw yn yr ardal hon,' dywedais yn ansicr. 'Ry'n ni wedi dod o Gaerdydd . . .'

Yn sydyn, roedd y stori wych ro'n i wedi'i chynllunio mor ofalus dros nos yn swnio braidd yn dwp – ond roedd y ddwy arall yn syllu'n ddisgwylgar arna i, a fedrwn i ddim meddwl am ddim byd gwell i'w ddweud.

'Mae Betsan a fi'n gwneud prosiect gyda'r Urdd, ti'n gweld, ac un rhan o'r cynllun yw'r . . . ym . . . antur 'ma, i . . . ym . . . ennill bathodyn arbennig. I wneud hynny, rhaid i ni fynd ar daith gerdded, heb gael unrhyw help gan neb. Felly . . . ym . . . ry'n ni wedi cerdded yma yr holl ffordd o Gaerdydd.'

'BETH!' llefodd Ffion. 'Dy'ch chi ddim yn gall!'

'Doedd e ddim yn rhy ddrwg,' meddai Betsan. 'Roedden ni'n benderfynol o lwyddo – ac mae hynny'n help mawr.'

'Ond mae hi'n daith mor bell,' mynnodd Ffion. 'A 'drychwch beth sy wedi digwydd i'ch jîns chi wrth deithio – maen nhw wedi rhwygo'n ofnadwy! Dwi'n siŵr y bydd Mam-gu'n gallu eu trwsio nhw i chi.'

Do'n i ddim yn ei deall am funud, ond edrychais ar fy nghoesau a cheisio peidio chwerthin. 'Dyna fel maen nhw i fod,' atebais.

'Ie,' cytunodd Betsan. 'Maen nhw'n ffasiynol iawn yng Nghaerdydd. Mae pawb ein hoedran ni'n eu gwisgo nhw.'

Chwarae teg i Ffion, ddywedodd hi 'run gair arall, na chwerthin am ein pennau. Yn hytrach, gofynnodd, 'A beth sy raid i chi wneud ar ôl cyrraedd diwedd y daith gerdded?'

Diolch byth, meddyliais, dyw hi ddim wedi gofyn ble roedden ni'n aros dros nos yn ystod y daith. Fydd dim rhaid i mi ddweud celwydd, felly!

'Does dim rhaid i ni wneud unrhyw beth arbennig,' atebais. 'Cyrraedd yma yw'r gamp. Ond ry'n ni'n flinedig iawn erbyn hyn, felly tybed gawn ni orffwys yma am ychydig?'

'Wrth gwrs!' atebodd Ffion gan wenu. 'Croeso i chi aros cyn hired ag y mynnwch chi. A falle na fydd Mam-gu'n rhoi gwers gwau i mi tra

byddwch chi yma. Dwi'n casáu gwau – mae e mor ddiflas!'

'Cytuno'n llwyr!' meddai Betsan, braidd yn rhy frwdfrydig yn fy marn i.

Ro'n i'n teimlo trueni drosti – roedd hi'n amlwg yn awyddus i wneud argraff dda ar Ffion. Roedd Ffion, ar y naill law, yn rhywun roedd Betsan newydd gwrdd â hi, ond ar y llaw arall roedd hi hefyd yn fam iddi – a'r un oedran â hi! Roedd y sefyllfa'n gwbl amhosib!

'Ac er mwyn ennill y bathodyn 'ma, oes raid i chi gerdded yr holl ffordd adre hefyd?' gofynnodd Ffion.

'Nac oes, diolch byth,' atebais cyn i Betsan gael cyfle i ddweud gair. 'Mae ganddon ni docyn trên o Ddolfawnog.'

'A sut y'ch chi'n bwriadu cyrraedd fan'no?' holodd Ffion.

O diar, meddyliais, mae hon yn rhy barod o lawer i ofyn cwestiynau anodd!

'Dy'n ni ddim yn hollol siŵr eto,' dywedais. 'Falle y gallen ni . . .'

Ond torrodd Ffion ar fy nhraws. 'Mae 'na un o'n cymdogion ni yn yr ysbyty yn Nolfawnog ar hyn o bryd,' meddai, 'ac mae ei gŵr yn mynd i'w gweld hi bob fin nos ar ôl gwaith. Dwi'n siŵr y

bydde fe'n hapus iawn i fynd â chi yno – mae e'n foi clên iawn.'

'Wel, ie, falle . . .' dechreuodd Betsan, 'ond sai'n siŵr taw . . .'

Syllais yn gas arni. Do'n i ddim, ar unrhyw gyfrif, yn bwriadu cerdded yr holl ffordd yn ôl i Ddolfawnog. Ro'n i wedi cael mwy na llond bola ar y busnes cerdded 'ma.

'Bydden ni'n ddiolchgar iawn taset ti'n gofyn i dy gymydog am lifft i ni,' dywedais yn gyflym. 'Byddai hynny'n grêt.'

'Mae e fel arfer yn mynd marce saith o'r gloch,' meddai Ffion. Edrychodd ar ei watsh – un anferth, wedi'i gwneud o blastig pinc a phorffor. 'Mae 'na bron i bump awr tan hynny. Hoffech chi aros yma? Mae croeso i chi wneud.'

Ches i ddim cyfle i ateb. 'Byddai hynny'n grêt, diolch yn fawr i ti,' dywedodd Betsan.

Pump awr.

Weithiau, mae pump awr yn gallu bod yn amser hiiiiir iawn.

Dro arall, dyw e ddim yn hir o gwbl.

Pennod 23

Gorweddodd Ffion ar y flanced, gan adael i'w gwallt hir ledaenu fel cyrten o gwmpas ei phen. Caeodd ei llygaid – ac ro'n i'n falch o hynny gan bod ei llygaid glas golau mor debyg i rai Betsan nes gwneud i mi deimlo'n anesmwyth.

O'r diwedd, cafodd Betsan a fi gyfle i edrych yn fanwl ar Ffion. Roedd hi mor ifanc a phert, ac mor . . . fyw. Edrychai'n cŵl, hyd yn oed yn nillad y cyfnod – roedden nhw'n ei siwtio hi i'r dim.

Ymhen sbel, neidiodd Betsan ar ei thraed a gofyn, 'Beth sy 'na i'w wneud yn y pentre 'ma?'

'Dim llawer, a bod yn onest,' atebodd Ffion gan agor ei llygaid eto. 'Os nad wyt ti'n hoffi nofio.'

'O! Dwi wrth fy modd yn nofio!' meddai Betsan.

'Betsan yw'r pencampwr nofio yn ein hysgol ni,' dywedais. 'Mae ganddi hi lond cwpwrdd o fedalau a chwpanau.'

'Dwi'n hoffi nofio hefyd,' meddai Ffion yn swil, 'ac wedi ennill cystadleuaeth neu ddwy.'

'Wel, dyna gyd-ddigwyddiad, yntê?' dywedais mewn llais sarcastig, ond sylwodd 'run o'r ddwy arall ar hynny.

‘Mae ’na afon yn llifo drwy’r cae acw,’ meddai Ffion, ‘ac mae’n berffaith saff i ni nofio yno. Beth amdani?’

‘Ond does ’da ni ddim gwisgoedd nofio,’ dywedais yn siomedig.

Edrychodd Ffion draw at ein bagiau o dan y goeden, lle roedden ni wedi’u taflu. Mae’n siŵr ei bod yn ceisio dyfalu beth oedd ynddyn nhw.

Beth, tybed, fyddai ei hymateb tasai hi’n gwybod y gwir – eu bod nhw’n llawn o lyfrau diflas, bocsys bwyd gwag, a dillad ysgol? A bod hanner y pethau yn ein llyfrau hanes ni heb hyd yn oed ddigwydd eto? A sut byddai hi’n ymateb i’r newyddion taw ein hanes ni oedd ei dyfodol hi?

Beth fyddai hi’n ddweud tasai hi’n gweld fy ngwaith cartref daearyddiaeth – gyda’r rhan fwyaf ohono wedi’i gopïo a’i bastio oddi ar y We?

Ro’n i’n dal i syllu ar fy mag ysgol pan ddywedodd Ffion, ‘Does dim rhaid i chi fecso am ddillad nofio.’

Syllais arni mewn braw. Doedd hi ’rioed yn disgwyl i ni nofio’n noethlymun? Falle bod hynny’n beth ffasiynol yn yr 1980au, ond roedd un peth yn sicr – allai *neb* fy mherswadio i i wneud y fath beth!

Ond doedd dim angen i mi fecso. 'Roedd fy nghyfnitherod yn aros yma'r wythnos ddiwetha,' meddai Ffion, 'ac maen nhw wedi gadael pentwr o ddillad ar ôl. Galla i'n hawdd ddod o hyd i wisg nofio bob un i ni. Arhoswch chi yma – fydda i'n ôl toc.'

I ffwrdd â hi i gyfeiriad y ffermdy, a rhoddais innau ochenaid o ryddhad.

* * *

'Beth wyt ti'n feddwl?' gofynnodd Betsan.

'Dwi'n meddwl bod yr holl sefyllfa mor od fel bod gen i ddim syniad beth i feddwl!' atebais.

'Na, na – rwyt ti wedi camddeall. Beth wyt ti'n feddwl o Ffion?'

Yn sydyn, cefais syniad ofnadwy. Beth petai Ffion wedi troi allan i fod yn dwpsen? Neu'n ferch annymunol oedd yn rhoi loes i anifeiliaid ac yn pigo ar blant bach diniwed? Neu'r math o ferch fyddai rhywun byth bythoedd yn ei dewis fel ffrind – hyd yn oed os oedd y ddwy ohonoch chi'n sownd ar ynys bellennig heb unrhyw gwmni heblaw ambell grwban y môr a pharot neu ddau?

'Wel?' holodd Betsan yn ddiamynedd.

Gwenais yn llydan arni, yn falch dros ben 'mod i'n gallu dweud y gwir. 'Dwi'n meddwl bod Ffion yn ferch hyfryd,' dywedais.

'Diolch,' atebodd Betsan. 'Dyna dwi'n feddwl hefyd.'

* * *

Ychydig funudau'n ddiweddarach, daeth Ffion yn ei hôl yn cario bag chwaraeon dros ei hysgwydd.

'Dwi wedi dweud wrth Mam-gu eich bod chi yma,' meddai. 'Ac mae hi wedi ffonio'n cymydog ynghylch rhoi lifft i chi – fe fydd e'n aros amdanoch ar ben y lôn am saith o'r gloch.'

'Mae dy fam-gu'n garedig iawn,' dywedais.

'Ydy, mae hi – ac mae hi wrthi'n gwneud picnic i ni!'

'OMB!' llefais. 'Mae hynna mor—'

'OMB? Beth ar y ddaear yw hynny?' holodd Ffion.

'Ym . . . wel. . . O! Mam Bach yw e – rhyw ddywediad sy 'da ni yn yr ysgol,' dywedais yn frysiog gan sylweddoli bod hyd yn oed yr iaith yn wahanol yn yr 1980au! 'Mae pobl yn ei ddweud pan maen nhw'n hapus, neu wedi cael sioc, neu'n ofnus, neu . . .'

'Rhyfedd iawn!' chwarddodd Ffion. 'Y tro hwn, fe ddylech chi fod yn hapus – mae Mam-gu'n un dda am wneud picnic!'

Wrth gwrs ein bod ni'n hapus! Roedden ni'n mynd i gael llond bola o fwyd – a hynny heb orfod ei ddwyn na gofyn i neb gymryd trueni droson ni! Ffantastig!

Yn sydyn, agorodd drws ochr y ffermdy a daeth hen fenyw mas. Gyda'i gwallt gwyn cyrliog, ei bochau coch a'i ffedog flodeuog ag ôl blawd arni, edrychai 'run ffunud â mam-gu mewn llyfr stori-a-llun i blant bach.

'Fy hen-famgu i yw honna!' sibrydodd Betsan. Diolch byth, chlywodd Ffion mohoni hi.

'Dyma dy ffrindiau newydd di, ife Ffion? Dwi'n falch iawn o gwrdd â chi'ch dwy,' meddai'r fam-gu yn glên. Ond yna edrychodd yn ofalus ar Betsan. 'Ydw i'n dy nabod di, bach?' holodd. 'Rwyt ti'n edrych yn gyfarwydd iawn . . .'

'Na, sai'n credu,' atebodd Betsan yn syn.

Sylweddolais ar unwaith beth oedd yn digwydd – roedd mam-gu Ffion yn gweld y tebygrwydd rhwng mam a merch, ond roedd y cyfan yn amhosib, wrth gwrs.

'Hmmm, mi faswn i'n taeru 'mod i wedi dy weld yn rhywle o'r blaen,' meddai'r hen wraig.

'Ta beth, o ble ry'ch chi'ch dwy wedi ymddangos mor sydyn?'

O'r dyfodol . . . meddyliais, ond heb ddweud gair.

'O, dim ond pasio drwy'r pentre ydyn ni,' atebodd Betsan yn ddidaro. 'Ry'n ni newydd orffen taith gerdded i ennill bathodyn arbennig.'

'Wel, ry'n ni'n falch iawn o'ch gweld chi, ta beth,' meddai'r hen wraig. 'Mae'n braf i Ffion gael merched 'run oed â hi i gadw cwmni iddi am sbel. Dyw e'n fawr o hwyl iddi hi fel arfer, gyda neb ond ei thad-cu a fi yma. Gobeithio gewch chi hwyl yn nofio. Ffion – gwna'n siŵr eich bod chi i gyd yn aros yn rhan saff yr afon. Dyma'ch picnic chi, i'w fwyta ar *ôl* nofio, cofiwch.'

Diolchodd y tair ohonon ni wrth i Ffion gymryd y fasged o law ei mam-gu, ac i ffwrdd â ni i gyfeiriad yr afon.

Pennod 24

Roedd yn bnawn perffaith – yr haul yn tywynnu, ac awel ysgafn yn chwythu drwy frigau'r coed. Gorweddodd Betsan, Ffion a fi ar y flanced, a siarad fel melin bupur am bopeth dan haul. Ro'n i'n gwybod taw dyma'r union fath o sgwrs roedd Betsan yn dyheu am ei chael gyda'r ferch fyddai'n tyfu lan i fod yn fam iddi hi.

Soniodd Ffion am Nia, ei ffrind gorau, a'r math o bethau roedden nhw'n mwynhau eu gwneud gyda'i gilydd. A dweud y gwir, roedd eu bywydau'n swnio'n eitha tebyg i'n rhai ni – ond heb y ffonau a'r cyfrifiaduron, wrth gwrs! Do'n i ddim yn meddwl rhyw lawer o'u hoff ganeuon pop nhw, ond mae'n debyg y byddai Ffion yn ymateb yn yr un ffordd i'n caneuon cyfoes ni!

'Mae Nia a fi'n gobeithio mynd i'r coleg gyda'n gilydd, i hyfforddi i fod yn athrawon,' meddai Ffion.

'OMB!' meddai Betsan yn sydyn. 'Dwi'n cofio Nia! Roedd hi'n arfer galw i weld Dad a fi weithie, ond wedyn fe symudodd hi a'i gŵr i fyw yn America. Mae hi'n dal i anfon cerdyn aton ni bob Nadolig.'

'Rwyt ti mor ddoniol, Betsan!' chwarddodd Ffion. 'Sut gallai Nia fod yn briod – dyw hi ond tair ar ddeg oed! Ac nid yn America mae hi – mae hi'n byw yn y pentre nesaf gyda'i rhieni!'

Ceisiais anelu cic at goes Betsan i gau ei cheg cyn iddi ddweud rhagor! 'Rhaid bod Betsan yn meddwl am rywun arall o'r enw Nia,' dywedais yn ysgafn. 'Pam wyt ti'n meddwl hyfforddi i fod yn athrawes?' gofynnais i newid y pwnc yn reit sydyn.

'Dwi wrth fy modd gyda phlant bach,' atebodd Ffion. 'Dyna fy mreuddwyd i – bod yn athrawes.'

Cymerais gipolwg ar Betsan, a nodiodd hithau'n gynnil i ddangos bod ei mam wedi llwyddo i wireddu ei breuddwyd.

'Ac wrth gwrs,' aeth Ffion yn ei blaen, 'fe hoffwn i gael fy mhlant fy hun. Wel, un i ddechrau, a baswn yn rhoi'r gorau i weithio am flwyddyn neu ddwy er mwyn aros gartre i fagu'r babi. Ar ôl hynny, falle gallwn i agor meithrinfa a . . .'

Allwn i ddim diodde clywed rhagor. Sut gallwn i wrando ar freuddwydion Ffion ar gyfer y dyfodol, gan wybod yn iawn y bydden nhw'n dod i ben mewn modd trasig?

Newidiais y pwnc unwaith eto. 'Dweda wrtha i, Ffion, beth yw dy hoff liw di?'

'Am gwestiwn od!' chwarddodd.

Dwi'n sylweddoli hynny, ond dwi dan bwysau mawr fan hyn, meddyliais. *Dwi'n gwneud fy ngorau glas i dy atal di rhag breuddwydio am bethau dwi'n gwybod na fydd byth yn dod yn wir.*

Diolch byth, daeth Betsan i'r adwy. 'Mae Mali a fi'n credu dy fod yn gallu dysgu llawer o bethau am bobl trwy wybod beth yw eu hoff liw nhw,' dywedodd yn ysgafn.

'Wel, gan eich bod chi'n gofyn,' atebodd Ffion gan godi darn o laswellt a'i ddal lan at y golau, 'dwi'n hoff iawn o'r union liw gwyrdd 'ma.'

'Ydy, mae gwyrdd yn iawn,' dywedodd Betsan, 'ond porffor yw fy ffefryn i. Reit, gadewch i ni restru'n hoff bethau, gan ddechrau gyda bwyd. Gei di fynd gyntaf, Ffion – beth yw dy hoff fwyd di?'

'*Angel Delight*, blas mefus.'

'Sda fi ddim syniad beth yw hwnnw,' dywedais, 'ond mae'n swnio'n flasus iawn.'

Doedd dim stop ar Betsan wedyn – gofynnodd res o gwestiynau i Ffion ar bob math o bynciau. Ychydig iawn o'r atebion oedd yn gwneud synnwyr i mi, ond doedd hynny ddim yn bwysig. Mae Betsan yn wych am gofio pethau, ac roedd yn amlwg i mi ei bod yn ffeilio holl

atebion Ffion yn daclus yn ei phen. Roedd hi'n creu blwch atgofion iddi hi ei hun – un rhithwir y gallai droi ato ar unrhyw adeg yn ei bywyd.

Aeth 'mlaen a 'mlaen . . . Hoff gân? Hoff ffilm? Hoff lyfr? Yn y diwedd, ro'n i'n synhwyro bod pethau'n dechrau mynd dros ben llestri, felly torrais ar draws y sgwrs rhwng y ddwy.

'Wel, fy hoff lyfr i yw *Harri Potter a Maen yr Athronydd*,' dywedais yn blwmp ac yn blaen.

'Am beth mae e'n sôn?' holodd Ffion. 'Chlywais i erioed amdano fe.'

'O, newydd ei gyhoeddi mae e,' dywedais yn ddidaro. 'Mae'n sôn am fachgen o'r enw Harri Potter sy'n credu taw bachgen cyffredin yw e – ond mewn gwirionedd mae e'n ddewin ac yn ryw fath o archarwr ym myd y dewiniaid.'

'Paid â chymryd hyn o chwith,' meddai Ffion, 'ond dyw e ddim yn swnio'n ddiddorol iawn. Alla i ddim credu y bydd e byth yn boblogaidd, nac yn gwerthu rhyw lawer o gopïau. Fasai gan neb dwi'n nabod unrhyw ddiddordeb mewn darllen llyfr am ddewiniaid.'

Ddywedais i 'run gair. Sut gallwn i hyd yn oed ddechrau esbonio?

Yn hytrach, codais ar fy nhraed a dechrau gwisgo'r wisg nofio hen ffasiwn roedd Ffion

wedi'i rhoi i mi. 'Beth am i ni fynd i nofio?' gofynnais.

Cafodd y tair ohonon ni amser gwych yn yr afon, yn nofio a sblasio a sgrechian nerth ein pennau. Ar ôl treulio sbel yn y dŵr, er fy mod yn mwynhau fy hun mas draw, dywedais wrth y ddwy arall fy mod wedi blino'n lân, ac am fynd i orffwys tipyn. Gwyliais nhw o'r lan – edrychai Betsan a Ffion mor hapus, yn sgwrsio ac yn chwarae yn y dŵr. Roedden nhw'n grêt gyda'i gilydd – yn bâr perffaith. Syllais arnyn nhw, a lwmpyn mawr yn fy ngwddw.

* * *

Ymhen hir a hwyr, daeth y ddwy mas o'r afon yn chwerthin yn hapus a siarad pymtheg y dwsin, gan ddod i eistedd ar y flanced gyda fi.

'Mae'n siŵr eich bod chi ar lwgu,' meddai Ffion. 'Gadewch i ni weld beth mae Mam-gu wedi'i baratoi i ni – mae hi'n un dda am fwyd!'

Estynnodd i mewn i'r fasged a thynnu'r holl ddanteithion mas, un ar ôl y llall. Ro'n i wrth fy modd, fel taswn i heb weld bwyd ers misoedd. Ond dim ond pigo wnaeth Betsan – ac roedd hynny'n anghyffredin iawn iddi hi, gan ei bod

wastad yn mwynhau ei bwyd. Dyna pryd y sylweddolais i pa mor arbennig oedd y pnawn yma iddi – a bod yr haid o bilipalod yn ei bola'n ei rhwystro rhag mwynhau'r wledd.

Pan oedd dim byd ond briwsion ar ôl yn y fasged, pwysais yn ôl yn erbyn boncyff coeden a gwylio fy ffrind yn ofalus. Ambell dro roedd hi'n chwerthin yn hapus, ond dro arall roedd yr olwg ar ei hwyneb yn torri 'nghalon. Baswn wedi hoffi mynd draw ati, rhoi clamp o gwtsh iddi, a dweud y byddai popeth yn iawn. Ond nid nawr oedd yr amser. Am y tro, fedrwn i wneud dim ond gwylio . . .

Ymhen sbel, dechreuodd y tair ohonon ni ailwisgo. Tynnodd Ffion frwsh o'i bag a dechrau brwsio'i gwallt hir. Ar ôl gorffen, estynnodd y brwsh tuag aton ni. 'Hoffech chi ddefnyddio hwn?' gofynnodd.

Oedodd Betsan am ychydig cyn dweud, 'Mae fy ngwallt i'n llawn clymau pan fydd e'n wlyb, felly tybed fyddet ti'n fodlon . . ?'

'Wrth gwrs!' atebodd Ffion. 'Dwi wrth fy modd yn brwsio gwallt pobl eraill. Dwi'n gwneud gwallt Nia bob cyfle ga i. Dere draw fan hyn, yn nes ata i.'

Yn sydyn, cofiais am yr holl adegau pan oedd

Mam wedi cynnig brwsio gwallt Betsan, a hithau'n gwrthod bob tro. Falle ei bod hi wedi aros yr holl flynyddoedd am y cyfle arbennig hwn.

Prin y gallwn ddioddef edrych ar Betsan yn gorffwys yn ôl ar draws coesau Ffion, wrth iddi hi – yn araf a thyner – dynnu'r holl glymau o wallt Betsan. Hyd yn oed pan oedd pob cwlwm wedi diflannu, daliai Betsan i eistedd yn ei hunfan gyda gwên trist-ond-hapus ar ei hwyneb.

Pan roddodd Ffion y brwsh i'r naill ochr, edrychai Betsan fel tasai hi ar fin llefain. Roedd y dagrau'n pigo y tu ôl i'm llygaid innau hefyd. Dwi wastad yn ffraeo gyda Mam pan fydd hi'n brwsio fy ngwallt – dwi'n ei chyhuddo o roi dolur i mi, a hithau'n rhoi'r bai arna i am dynnu i ffwrdd oddi wrthi. Tan nawr, wnes i erioed oedi i feddwl pa mor lwcus o'n i o gael Mam yno gyda fi.

Yn sydyn, cododd Betsan ar ei thraed. 'Os yw hynny'n iawn 'da chi,' meddai, 'dwi am fynd am dro bach ar ben fy hun. Rhaid i mi—'

A cherddodd i ffwrdd heb orffen y frawddeg. Roedd gen i syniad go lew beth oedd yn digwydd. Er bod Betsan yn hynod o ddewr, roedd arni angen amser i feddwl am yr holl

bethau oedd yn mynd rownd a rownd yn ei phen, a cheisio gwneud rhyw synnwyr ohonyn nhw.

Ar ôl iddi hi fynd, doedd gen i ddim clem beth i'w ddweud wrth Ffion. Ddylwn i geisio esbonio pam bod fy ffrind yn diflannu bob hyn a hyn? Ond gwenodd Ffion yn glên arna i, a doedd dim pwysau arna i i ddweud unrhyw beth o gwbl.

Gorweddais ar fy mola ar y glaswellt, a rhoi fy mysedd yn nŵr oer yr afon. Roedd yn deimlad rhyfedd i feddwl y byddai'r un afon yn dal i lifo nes i Betsan a fi gael ein geni, nes bydden ni'n oedolion, nes byddai ein plant ni'n hen bobl, a hyd yn oed ar ôl hynny. Falle, rhyw ddiwrnod, y gallwn ddod â Betsan yn ôl yma i'w hatgoffa am y diwrnod hapus hwn.

Yn sydyn, cefais syniad gwych. Codais ar fy eistedd. 'Ffion,' dywedais, 'ga i ofyn ffafr i ti – un anferth?'

'Cei, wrth gwrs,' atebodd. 'Sut galla i helpu?'

'Wel, mae'r sefyllfa braidd yn gymhleth,' dywedais yn ansicr. 'Dwi angen i ti wneud rhywbeth pwysig iawn, iawn, ond alla i ddim esbonio pam yn union.'

'Ga i ofyn cwestiynau?' holodd.

‘Cei, ond mae’n debyg na fydda i’n gallu eu hateb. Rhaid i ti gymryd fy ngair i.’

‘Hmmm, mae’n swnio’n ddiddorol iawn. Beth wyt ti am i mi wneud?’

‘Wel,’ atebais yn araf, ‘mae Betsan yn cael ei phen blwydd mewn ychydig ddyddiau, a meddwl o’n i . . .’

Pennod 25

Pan ddaeth Betsan yn ei hôl, ro'n i'n pendwmpian ar y flanced. Agorais un llygad a'i gweld yn sefyll uwch fy mhen, ei ffôn yn ei llaw.

Gallwn i fod wedi ei tharo yn y fan a'r lle. Beth yn y byd oedd hi'n wneud? Ond cyn i mi gael cyfle i ddweud gair, gofynnodd Ffion iddi, 'Beth yw hwnna sy gen ti?'

'Fy . . . ym . . fy nghamera,' atebodd Betsan.

'Camera? Welais i 'rioed gamera tebyg i hwnna! Mae e'n rhy fach i fod yn gamera. Sut mae'r ffilm yn ffitio i mewn ynddo fe? A beth yw'r holl rifau 'na?'

Ro'n i'n teimlo *mor* ddig – roedd Betsan ar fin difetha popeth, ar ôl yr holl ymdrech. Ro'n i hefyd yn gwybod i ble roedd hyn yn arwain . . .

'Mae'r camera mor newydd,' dywedais wrth Ffion, 'dyw Betsan ddim yn deall eto beth yw pwrpas yr holl rifau.'

'Ti'n iawn,' dywedodd Betsan, gan edrych yn ddiolchgar arna i. 'Fyddet ti'n fodlon tasen i'n cymryd selffi?'

'Selffi? Chlywais i 'rioed mo'r fath air!' chwarddodd Ffion. 'A dweud y gwir, feddyliais i

ddim bod pobl Caerdydd yn siarad mor wahanol i ni yma! Dwi wedi dysgu llawer pnawn 'ma!'

'Mae hi'n moyn i mi dynnu llun ohonoch chi'ch dwy gyda'ch gilydd,' esboniais wrth Ffion. 'Dos i eistedd yn ei hymyl hi.'

Closiodd y ddwy at ei gilydd, a thynnais innau lun ohonyn nhw.

'Waw!' llefodd Ffion pan ddangosais y llun ar y sgrin iddi hi. 'Welais i 'rioed y fath beth – mae e fel hud a lledrith! Ond sut wyt ti'n gallu cael llun go iawn mas o'i grombil e i'w osod mewn albwm?'

'Mae hi'n broses eitha cymhleth,' dywedais, gan wybod na fyddai pwynt i mi ddechrau esbonio beth oedd cyfrifiadur ac argraffydd a chêbl USB.

'Falle'n wir,' atebodd Ffion, 'ond bydd raid i mi holi. Dwi am ofyn am gamera fel hwnna ar fy mhen blwydd.'

'Ar 11 Awst,' sibrydodd Betsan.

'Rwyt ti'n iawn! Sut yn y byd oeddet ti'n gwybod?' holodd Ffion mewn penbleth.

'O, jest dyfalu o'n i,' atebodd Betsan. Ac yn rhyfedd iawn, doedd Ffion ddim fel tasai hi'n gweld hynny'n od.

'Ydy'r camerâu 'na'n ddrud iawn?' gofynnodd. 'Ble brynoch chi fe?'

‘O, sai’n credu eu bod nhw ar werth yng Nghymru,’ atebodd Betsan. ‘Fy ewythr brynodd hwn i mi – yn America.’

‘Mae gan Dad gefnder yn America,’ meddai Ffion. ‘Dwi’n siŵr y bydde fe’n fodlon chwilio am un i mi. Beth yn union yw’r enw arno fe?’

Edrychodd Betsan arna i a golwg o banig yn ei llygaid. Roedd hi’n amlwg yn gobeithio y gallwn i feddwl am atebion clyfar i gwestiynau Ffion.

Ond ddwedais i ’run gair – fedrwn i ddim tynnu fy llygaid oddi ar y llun yn fy llaw. Dwy ferch yn gwenu’n hapus, eu gwallt yn chwifio yn yr awel a’u llygaid glas golau yr un ffunud â’i gilydd. Roedd gen i gymaint o lwmpyn yn fy ngwddw nes ’mod i prin yn medru anadlu.

* * *

O’r diwedd, cymerodd Betsan y ffôn oddi arna i a’i roi yn ei phoced. Ro’n i’n gwneud fy ngorau glas i rwystro’r dagrau oedd yn pigo y tu ôl i’m llygaid rhag llifo i lawr fy wyneb.

‘Dweda jôc neu ddwy wrth Ffion,’ dywedais wrthi, yn y gobaith y byddai hynny’n codi’n calonnau ni.

A dyna wnaeth y ddwy am sbel. Yn rhyfedd

iawn, roedd Ffion eisoes yn gwybod rhai o jôcs Betsan, a hithau'n gwybod rhai o jôcs Ffion.

'Dy dro di nesa,' meddai Ffion.

Dwi erioed wedi bod yn un dda am ddweud jôcs, a dim ond un ddaeth i'm meddwl y foment honno. 'Iawn, dyma jôc ddwedodd Dad wrtha i y tro diwetha gawson ni sgwrs ar Sky— . . . ar y ffôn. *Beth wnaeth y corryn ar y cyfrifiadur?*'

'Sdim syniad 'da fi!' chwarddodd Ffion.

'Wel, yr ateb yw – *gwneud gwefan!*'

'Am jôc wael!' ochneidiodd Betsan.

'Sai'n ei deall hi o gwbl,' meddai Ffion. 'Beth yw cyfrifiadur, ta beth? A gwefan?'

Ceisiais esbonio, ond man a man i mi fod yn siarad mewn iaith dramor.

Yn y diwedd, er mwyn torri ar yr awyrgylch annifyr, dywedodd Betsan jôc 'cnoc cnoc' hen ffasiwn a chwarddodd pawb – braidd yn rhy frwdfrydig, efallai.

* * *

Erbyn hyn, roedd hi'n dechrau oeri wrth i'r haul ddiflannu'n araf y tu ôl i'r coed.

'Mae'n hen bryd i ni fynd,' dywedodd Ffion. 'Dyw Mam-gu ddim yn hoffi i mi aros mas yn

rhy hwyr, ac fe fydd raid i chi'ch dwy adael am Ddolfawnog yn fuan.'

Ar ôl casglu'n stwff, cerddodd y tair ohonom yn araf at y giât oedd yn arwain at y ffermdy. Safon ni yno am ychydig funudau, a phawb yn teimlo'n anghyfforddus heb wybod beth i'w ddweud.

Torrodd Ffion ar draws y tawelwch. 'Dwi wedi cael diwrnod grêt gyda chi heddiw,' meddai. 'Trueni bod raid i chi fynd adre.'

'Falle nad oes raid i ni,' meddai Betsan yn annisgwyl.

'Ond—'

'Dwyt ti ddim yn cofio? Gallwn ni ennill pwyntiau ychwanegol wrth aros dros nos. A falle bydd hynny'n golygu ennill medal aur yn lle un arian. Ac os arhoswn ni, gallwn ni dreulio diwrnod arall gyda Ffion fory.'

Fory . . . do'n i ddim wedi meddwl am fory. Ro'n i wedi bod mor brysur yn becso am gyrraedd yma a chwrdd â Ffion, doedd gen i ddim syniad o gwbl beth oedd i fod i ddigwydd nesaf.

Problemau – dyna'r unig beth welwn i o 'mlaen. Ble roedden ni i fod i gysgu'r noson honno? Lle roedden ni'n mynd i gael bwyd? Roedd sbel o amser wedi mynd heibio ers i ni fwyta'r picnic, ac roedd fy mola'n dechrau rwmblan eto.

Ac roedd 'na broblem lawer mwy na'r problemau ymarferol. Doedd dim modd i ni aros yno am byth, felly byddai'n well gadael nawr cyn i bethau fynd hyd yn oed yn fwy cymhleth . . . a chyn i Ffion ddechrau gofyn cwestiynau fyddai'n amhosib i ni eu hateb.

Roedd Betsan yn syllu arnaf, yn ymbil yn dawel am help. Ond roedd yn rhaid i mi fod yn gadarn – er taw dyna'r peth anoddaf ro'n i wedi'i wneud erioed yn fy mywyd.

'Mae'n *rhaid* i ni fynd, Betsan,' dywedais. 'Bydd cymydog Ffion yn gadael yn fuan, a bydd Mam yn yr orsaf yn aros amdanon ni, cofio? Os na fyddwn ni yno, fe aiff hi'n honco bost ac anfon yr heddlu i chwilio amdanon ni. Mi fasen ni wrth ein bodd yn aros yn hirach, Ffion, ond allwn ni ddim, wir i ti.'

Roedd golwg siomedig ar wyneb Ffion. Edrychais ar Betsan – roedd ei hwyneb hi'n wyn fel y galchen, a'i llygaid yn llawn dagrau. Gafaelais amdani, ond tynnodd i ffwrdd a chymryd cam yn nes at Ffion. Dyna'n union beth fyddwn innau wedi'i wneud hefyd. Weithiau, does dim byd ond cwtsh gan Mam yn gwneud y tro.

'Baswn i wrth fy modd yn gallu treulio mwy o amser yma gyda ti,' meddai Betsan yn dawel,

'ond mae Mali'n iawn . . . rhaid i ni fynd . . . gobeithio y galla i ddod yn ôl rhyw ddiwrnod, ond sai'n gwybod fydd hynny'n bosib . . . ry'n ni wedi cael amser grêt . . . a plis, Ffion, cofia hyn . . . pan wyt ti'n hŷn . . . bydd yn ofalus ar y staer . . . cofia afael yn y canllaw bob tro . . . mae pethe ofnadwy'n gallu digwydd, felly . . . jest bydd yn garcus, reit?'

Tawodd yn sydyn a dechrau beichio crio.

Roedd Betsan a fi wedi treulio cryn dipyn o amser yn trafod a oedd modd i rywun newid pethau oedd eisoes wedi digwydd. Doedden ni ddim wedi dod i unrhyw benderfyniad ar y mater, ond allwn i ddim gweld bai ar Betsan am roi cynnig arni.

Fyddai rhybudd Betsan wir yn gallu arbed ei mam rhag cwympo i lawr y staer?

Allai hi wir rwystro ei mam rhag marw'n ifanc?

Allai hi wir drefnu i newid pethau fel bod modd iddi fyw'n hapus gyda'i mam a'i thad, a llond tŷ o frodyr a chwiorydd iau?

Ac er taw dyna oedd yr un peth roedd Betsan yn dyheu amdano'n fwy na dim byd arall, oedd e'r peth *iawn* i'w wneud?

A bod yn onest, roedd yr holl sefyllfa'n llawer

rhy gymhleth i mi – ac roedd hyd yn oed meddwl am y peth yn rhoi pen tost i mi.

'Rhaid i ni fynd nawr,' dywedais yn dawel gan roi fy mraich o gwmpas ysgwyddau Betsan. 'Hwyl i ti, Ffion – dwi wedi cael amser grêt yma gyda ti. Diolch am y picnic, ac am fenthyg gwisg nofio, ac am . . . bopeth.'

Bîp! Bîp! Trois i gyfeiriad y sŵn a gweld car yn aros ar ben y lôn, yr injan yn refio'n swnllyd. 'Dere, Betsan,' dywedais, 'allwn ni ddim disgwyl i gymydog Ffion aros amdanon ni.'

Symudodd oddi wrtha i a sychu'r dagrau o'i llygaid. Trodd at Ffion a dweud, 'Dwi'n sylwi nad yw pobl y dyddie hyn . . . ym, yn yr ardal hon . . . yn rhoi llawer o gwtshys i'w gilydd. Dwi ddim am i ti feddwl 'mod i'n od na dim, ond tybed . . . ym . . . allet ti wneud eithriad y tro hwn oherwydd—?'

Doedd dim angen iddi ddweud rhagor. Camodd Ffion ymlaen, ei breichiau ar led, a rhoi clamp o gwtsh iddi. Fedrwn i ddim dioddef edrych arnyn nhw . . .

'Diolch i ti,' sibrydodd Betsan gan dynnu'n rhydd o'r diwedd. 'Fyddi di byth yn gwybod faint roedd hynna'n ei olygu i mi.'

'Popeth yn iawn,' dywedodd Ffion. 'Hwyl

nawr 'te . . . falle wela i di eto ryw bryd.'

'Gobeithio wir,' atebodd Betsan gan ymuno â mi i gerdded yn araf ar hyd y lôn fach.

Roedden ni bron iawn wedi cyrraedd y gornel pan safodd Betsan yn ei hunfan. 'Rhaid i mi fynd yn ôl,' dywedodd yn sydyn.

'Ond . . .'

'Dwy eiliad fydda i, addo.'

A chyn i mi gael cyfle i ddweud gair, trodd a rhedeg at Ffion. Diolch byth, daeth yn ei hôl o fewn ychydig funudau, ac er bod ei llygaid yn dal yn goch roedd gwên ar ei hwyneb.

'Beth ddigwyddodd?' holais yn syn. 'Pam oedd raid i ti fynd yn ôl?'

'Do'n i ddim yn moyn gadael ar nodyn trist,' atebodd gan wenu, 'felly es yn ôl i ddweud un jôc arall wrth Ffion!'

'Oedd hi'n deall y jôc y tro hwn?'

'Sai'n siŵr, ond roedd hi'n chwerthin – a dyna sy'n bwysig. O leia fe lwyddais i'w gwneud yn hapus cyn i mi fynd.'

Pennod 26

Ffermwr clên oedd cymydog Ffion, a siaradodd yn ddi-baid ar hyd y daith am wartheg a moch a defaid. Erbyn iddo ein gollwng ni yn yr orsaf yn Nolfawnog teimlwn 'mod i wedi dysgu digon am ffermio i allu sefyll arholiad Lefel A mewn Amaethyddiaeth! (Yn anffodus, ro'n i hefyd yn drewi o faw moch!)

'Diolch yn fawr – ry'ch chi wedi bod yn garedig iawn!' dywedodd y ddwy ohonon ni wrth ddringo mas o'r car yn yr orsaf.

'Dim problem o gwbl,' atebodd y ffermwr. 'Ac os byddwch chi yn yr ardal hon rywbryd eto, mae croeso i chi gysylltu i drefnu lifft arall.'

'Fe wnawn ni, diolch,' dywedais, gan deimlo'n euog am obeithio na fyddai byth bythoedd angen i ni wneud hynny!

Dim ond wrth i ni ddringo'r staer at yr orsaf y sylweddolais i pa mor nerfus a phryderus ro'n i wedi bod dros yr oriau diwethaf. Ro'n i am i Betsan fod yn hapus, wrth gwrs – ond beth tasai treulio amser gyda'i mam wedi ei gadael yn dristach nag erioed? Beth tasen i wedi sefyll o'r neilltu a gwylio tra oedd hi'n gwneud

rhywbeth gwirioneddol dwp?

Roedd Betsan yn syllu ar ei ffôn, gan symud y sgrin o'r llun ohoni hi a Ffion at y 'System Electronig Arbrofol'.

'Gobeithio bod gen ti ddigon o fatri ar ôl,' dywedais yn bryderus.

'Jest digon, dwi'n credu, a gobeithio'r nefoedd y bydd ein tric bach clyfar ni'n gweithio am yr ail dro!'

Dyn ifanc oedd y casglwr tocynnau, yn gwisgo siwt oedd yn llawer rhy fawr iddo. Gwenodd Beth yn llydan wrth ddangos y neges ar sgrin ei ffôn iddo.

'Beth yn y byd yw hwn?' holodd yntau gan grafu'i ben.

'Y system newydd ar gyfer bwcio tocynnau,' atebodd Betsan yn hyderus. 'Dwyt ti 'rioed wedi clywed amdani?'

Syllodd y dyn mewn rhyfeddod ar y ffôn, gan ei droi drosodd a throsodd yn ei law. *Tybed,* meddyliais, *fydd e'n cofio'r diwrnod hwn pan gaiff e ei ffôn symudol ei hun rywbryd yn y dyfodol? Tybed ydy e'n gallu dychmygu dyfodol lle mae gan bawb ffôn yn eu poced?*

'Wel wir, dwi wedi gweld popeth nawr!' meddai'r dyn gan estyn y ffôn yn ôl i Betsan.

‘Dwi’n edrych ’mlaen at ddweud yr hanes wrth fy ffrindiau. Fyddan nhw ddim yn credu ’run gair!’

‘Mae pobl yn gallu bod yn hen ffasiwn iawn weithiau,’ dywedais.

‘Nid fi,’ atebodd y dyn yn bendant gan estyn ei fraich i ddangos ei watsh i ni – un blastig anferth oedd yn edrych fel tasai hi’n perthyn mewn amgueddfa.

‘O, hyfryd!’ dywedais, gan geisio swnio’n frwdfrydig rhag siomi’r dyn druan.

‘Ac mae ’na gyfrifiannell yn rhan ohoni hefyd – welais i hi’n cael ei hysbysebu ar y teledu, ac roedd *rhaid* i mi gael un,’ dywedodd yn llawn balchder.

Gwenais heb ddweud gair. Tybed a allai e fyth gredu bod Betsan a fi’n byw mewn byd lle roedd watsh yn gallu cynnwys ffôn, a chamera, a theclyn i gyfri’ch camau ac i fesur curiad eich calon a . . ?

‘Gobeithio gewch chi siwrne saff,’ meddai’r dyn.

A dyna’n union gawson ni.

* * *

Roedd hi wedi tywyllu erbyn i ni gyrraedd yn ôl i'r ganolfan siopa. Ro'n i'n flinedig iawn, fel taswn i wedi rhedeg marathon neu ddwy.

'Mae'r holl le dan glo,' meddai Betsan yn siomedig. 'Beth wnawn ni nawr?'

Ro'n i'n rhy flinedig i feddwl, felly safodd y ddwy ohonon ni yno am sbel heb ddweud gair. Yn sydyn, gwelais fod drws bach yn ein hymyl ni ar fin cael ei agor, a daeth dwy fenyw mewn iwnifform allan. Wrth iddyn nhw gerdded i ffwrdd, rhedais draw i ddal y drws cyn iddo gau'n glep.

'Diolch byth, ry'n ni i mewn!' sibrydais.

Er bod nifer o oleuadau 'mlaen, roedd y lle'n wag ac yn sbŵci. Roedd gen i hiraeth am yr holl bobl yn eu dillad hen ffasiwn, a'r gerddoriaeth od oedd yn chwarae yn y cefndir y tro diwethaf y buon ni yno. Roedd y distawrwydd yn codi ofn arna i. Unwaith neu ddwy fe glywson ni sŵn traed, gan wneud i ni sgrialu i guddio tu ôl i'r planhigion mawr plastig – ond welson ni neb.

O'r diwedd, cerddon ni rownd y gornel olaf.

'OMB!' llefais. ''Drycha, Betsan!'

Roedd y soffas pinc yn dal yno . . . a'r planhigion gwyrdd anferth. Ond, yn bwysicach na dim, roedd 'na hefyd ddrws bach llwyd ac

arno arwydd yn dweud *Siop Sami: Mynedfa Argyfwng*.

'Sai'n gallu credu'r peth!' llefodd Betsan. 'Pam na welson ni'r drws y tro diwetha roedden ni yma? A beth yn y byd yw ystyr Mynedfa Argyfwng?'

'Sai'n becso taten beth yw e,' dywedais yn bendant gan afael yn ei llaw a'i thynnu tuag at y drws. 'Dwi wedi cael mwy na llond bola ar fyw yn 1984 – dwi'n moyn mynd adre. Nawr!'

Agorais y drws yn ddidrafferth, a heb ddweud 'run gair camodd y ddwy ohonon ni drwyddo. Caeodd yn dawel y tu ôl i ni.

Roedden ni'n ôl yn y lle rhyfedd hwnnw oedd yn arogli o sbeis. Rhedais i gyfeiriad y golau, gan dynnu Betsan y tu ôl i mi. Doedd gen i ddim syniad beth i'w ddisgwyl . . .

Yno, o'n blaenau, safai Sami. Roedd e'n sefyll yn yr un fan yn union ag oedd e pan adawon ni, ac yn dal i sgleinio'r botel o wydr glas. Doedd e ddim fel tasai'n synnu ein gweld.

'O, ry'ch chi'n ôl yn barod,' meddai. 'Roeddech chi'n chwilio am rywbeth y tro diwetha welais i chi – ddaethoch chi o hyd iddo fe?'

'Do wir,' atebodd Betsan, 'a diolch yn fawr iawn i chi am eich help.'

Gwenodd Sami arni a mynd yn ôl at ei waith. Doedd gen i ddim awydd cynnal sgwrs gydag e, felly rhuthrais heibio iddo ac allan drwy ddrws ffrynt y siop. Dilynodd Betsan fi, ac o fewn ychydig eiliadau roedden ni'n ôl yn y lôn gefn.

Safodd Betsan yn stond gan rwbio'i llygaid. 'Dwyt ti byth yn mynd i gredu hyn,' meddai, 'ond dwi newydd gael y freuddwyd ryfedda! Ro'n i'n ôl yn 1984, a'r bobl o 'nghwmpas i'n gwisgo dillad od, ac yn chwarae cerddoriaeth wael – a dylet ti fod wedi gweld eu gwalltiau nhw! . . . fe gerddon ni am filltiroedd lawer . . . ac roedd e'n wych. Fe gwrddais i â Mam . . . a threulio amser gyda hi . . . roedd yr holl beth yn teimlo mor real, felly sut gallai e fod yn freuddwyd?'

'Mae'n swnio fel breuddwyd – un hyfryd,' dywedais, 'ond fe ges innau'r un freuddwyd yn union!'

'Wir yr?'

'Wir yr, a . . .' Cyn i mi ddweud gair arall, clywais lais cyfarwydd yn dod o ben draw'r lôn gefn – Mam! A dyna lle'r oedd hi – heb y gwallt mawr a'r dyngarîs melyn. Y tro hwn, a hithau'n oedolyn, roedd hi'n edrych fel dylai hi.

Roedd Mam yn ffarwelio â Delyth oedd yn codi'i bagiau siopa, yn barod i fynd. Rhoddodd y

ddwy sws gyflym i'w gilydd cyn mynd eu ffordd eu hunain.

'Dwi'n gwybod dy fod wedi dweud bod y fenyw 'na'n gallu siarad am hydoedd,' sibrydodd Betsan, 'ond mae hyn yn honco bost!'

Roedd hi'n iawn. Pa mor hir oedd y ddwy wedi bod yn siarad?

Am faint o amser roedd Betsan a fi wedi bod i ffwrdd?

Trois i edrych arni. Roedd ei hwyneb yn welw wrth iddi estyn ei ffôn o'i phoced. 'Does ond 2% o fatri ar ôl,' meddai, 'ond fe ddylai fod yn ddigon . . .'

Roedd ei llaw'n crynu wrth iddi sgrolio drwy'r lluniau ar y sgrin – y ddwy ohonon ni'n addurno'r goeden Nadolig . . . yn agor clamp o wy Pasg . . . yn chwarae yn yr ardd . . . y lluniau doniol a dynnwyd wythnos yn ôl wrth i ni baratoi i fynd i'r sinema. Ac yna . . .

'O na!' llefodd Betsan. 'Mae rhywbeth ofnadwy wedi digwydd!'

Roedd hi wedi cyrraedd y llun mwyaf diweddar – yr un dynnais i yn 1984 – ond roedd y ddwy ferch hapus ynddo wedi diflannu. Yn hytrach, roedd y llun yn llwyd a chymylog, ac yng nghanol y sgrin lle dylai'r wynebau fod

doedd dim byd ond dau siâp annelwig allai fod yn unrhyw beth neu unrhyw un.

'Mae'n wir flin gen i, Betsan,' sibrydais.

'Ond pam mae e fel hyn?' holodd yn ddagreuol. 'Roedd y llun yn berffaith – welais i e, ac fe welodd Ffion e. Beth yn y byd sydd wedi digwydd?'

'Sdim syniad 'da fi, ond falle bod lluniau ddim yn gallu teithio drwy amser fel mae pobl yn ei wneud . . .'

Roedd yr olwg ar wyneb Betsan mor drist fel na allwn ddweud gair.

Yn y pellter, gallwn glywed sŵn gitâr yn cael ei diwnio, a rhywun yn chwarae'r drymiau. Cododd bonllef o gymeradwyaeth a churo dwylo . . .

'Dere, os brysiwn ni, gallwn gyrraedd y gig mewn pryd,' dywedais. 'Yr unig beth sy raid i ni wneud yw—'

'Na, dim diolch,' atebodd Betsan. 'Os nad oes ots gen ti, byddai'n well gen i fynd adre. Fe anfona i neges at Lili i ddweud . . . ym . . . bod yr amser wedi diflannu i rywle.'

'Dwi'n cytuno,' atebais. 'Gad i ni fynd adre. Ry'n ni'n dwy wedi blino'n lân, ac mae'n teimlo fel tasai blynyddoedd wedi mynd heibio ers i ni adael y tŷ.'

* * *

Pan gyrhaeddon ni, roedd Mam yn y gegin yn paratoi pizza. Roedd siaced tad Betsan wedi'i thaflu dros gadair, a threnyrs Betsan yng nghornel y stafell. A dyna pryd y sylweddolais i – doedd dim byd wedi newid tra oedd Betsan a fi'n crwydro cefn gwlad yn 1984. Roedd Elis a Betsan yn dal i fyw gyda ni, ac er y rhybudd roedd Betsan wedi'i roi iddi ynghylch cymryd gofal ar y staer, roedd ei mam yn dal wedi marw.

'Ry'ch chi'ch dwy adre'n gynnar,' meddai Mam yn syn.

'Yn anffodus, roedd y cwis llyfrau wedi'i ganslo ar y funud ola,' dywedais yn gelwyddog.

'O, dyna drueni – ond nawr eich bod chi yma, y'ch chi'n barod am swper?' gofynnodd.

'Ry'n ni'n *starfo*,' meddai Betsan a fi gyda'n gilydd gan ruthro am y cyntaf at y bwrdd.

Wrth i Mam gerdded draw i osod platiau o'n blaenau, syllais arni fel tasai hi'n gwbl ddieithr i mi.

'Beth sy'n bod?' holodd. 'Oes gen i flawd ar fy nhrwyn neu rywbeth?'

'Nac oes, Mam – rwyt ti'n edrych yn bert iawn.'

Ychydig amser yn ôl, roeddet ti'n ferch ifanc bigog yn dy arddegau, yn ffraeo gyda dy fam – a fedra i yn fy myw weithio mas sut llwyddaist ti i droi'n fam i mi. Wyt ti'n cofio rhyw ddiwrnod yn 1984 pan ddaeth dwy ferch atat ti, yn chwilio am gi bach (dychmygol!) oedd wedi mynd ar goll? Oes gen ti unrhyw syniad beth sy newydd ddigwydd?

Ond roedd Mam eisoes wedi troi'n ôl at y ffwrn, a'r foment wedi mynd heibio.

* * *

O'r diwedd, ar ôl i ni gael llond ein boliau o fwyd, cododd Betsan a fi oddi wrth y bwrdd a helpu Mam i gymoni'r gegin.

Fel roedden ni'n gorffen, cyrhaeddodd tad Betsan adre. Rhedodd hithau ato a'i gwtsio am amser hir.

'Wel, am groeso!' chwarddodd. 'Basai rhywun yn meddwl dy fod ti heb fy ngweld i ers blynyddoedd!'

'Dyna fel dwi'n teimlo,' meddai Betsan gan ddefnyddio un llaw i wthio'i gwallt oddi ar ei hwyneb.

Syllodd ei thad arni, ei wyneb fel y galchen. 'Gwna hynna eto,' meddai wrthi.

'Fel hyn wyt ti'n feddwl?' gofynnodd Betsan gan wneud yr un peth eto. Yn sydyn, sylweddolais ble ro'n i wedi gweld yr un symudiad yn union.

'Roedd hynna'n deimlad od iawn,' meddai Elis yn dawel. 'Am eiliad, roeddet ti'n edrych yr un ffunud â dy fam.'

Rhoddodd Mam ei llaw yn annwyl ar ysgwydd Betsan. 'Mae'n rhaid, felly, fod dy fam yn bert iawn, iawn,' meddai.

'Oedd, mi roedd hi,' sibrydodd Betsan.

* * *

Aeth Elis lan staer i newid o'i ddillad gwaith, a dywedodd Betsan ei bod yn mynd i'w stafell i wneud ei gwaith cartref. Dilynais hi i'r cyntedd.

'Wyt ti'n iawn?' holais.

'Sai'n siŵr, a bod yn onest,' atebodd. 'Dwi'n teimlo y gallwn i gysgu am o leia ugain mlynedd . . .'

'Beth sy'n bod gyda chi'ch dwy heddiw?' holodd Mam pan es i'n ôl i'r gegin. 'Ry'ch chi'n ymddwyn yn od, rhywsut. Ddwedodd yr un ohonoch chi air dros swper – a dyw hynna ddim yn digwydd fel arfer!'

Ry'n ni'n ymddwyn yn od am ein bod wedi blino'n lân, ac mewn sioc, meddyliais, *ac am ein bod ni, ychydig amser yn ôl, yn byw yn 1984 – mae angen amser arnon ni i gyfarwyddo â bod yn ôl yn y presennol . . .*

'Gobeithio'n wir nad y'ch chi'n hel annwyd neu rywbeth,' dywedodd Mam gan roi cwtsh i mi. Sylweddolais i funud honno pa mor lwcus o'n i i'w chael yn fy mywyd. 'Wyt ti'n siŵr nad oes gen ti rywbeth i'w ddweud wrtha i? Oes gen ti rywbeth ar dy feddwl?'

Wrth gwrs, roedd gen i lwythi o bethau yr hoffwn eu dweud wrthi – ond wyddwn i ddim ble i ddechrau. Roedd y cyfan mor hurt ac amhosib!

'Blinedig ydw i, dyna'r cyfan,' dywedais. Doedd e ddim yn beth call i'w ddweud . . .

'Mae hynna oherwydd dy fod wedi aros lan yn rhy hwyr neithiwr. Ry'ch chi ferched ifanc yn meddwl eich bod yn gwybod popeth, ond . . .'

Torrais ar ei thraws, ar ôl cofio am rywbeth. 'Mam, wyt ti'n cofio dweud wrtha i nad oeddet ti byth bythoedd yn gweiddi ar dy fam pan oeddet ti'n ifanc? Oedd hynny'n wir?'

Doedd gen i ddim syniad i ba gyfeiriad roedd y sgwrs yma'n mynd. Tasai Mam yn dal i wadu,

sut gallwn i brofi ei bod yn dweud celwydd?

Ond eisteddodd Mam wrth y bwrdd gyda fi. 'Yn rhyfedd iawn,' dywedodd, 'dwi wedi bod yn meddwl am beth ddwedais i – a falle nad o'n i'n gwbl onest gyda ti. Oedd, roedd fy mam i'n disgwyl i mi ei pharchu – fel rydw i gyda ti – ond do'n i ddim yn berffaith drwy'r amser. Ro'n innau'n gallu bod yn ddigywilydd weithiau hefyd – dyna fel mae pobl ifanc yn eu harddegau, yntê?'

Gwenais – dyna'r unig ymddiheuriad ro'n i'n debygol o'i gael, sbo!

Rhoddais fy llaw yn fy mhoced a gafael yn y botel bitw bach oedd yno. 'Mae gen i syrpréis i ti, Mam,' dywedais. 'Cau dy lygaid, a dal dy law mas, iawn?'

'Ydy hyn yn mynd i roi dolur i mi?' gofynnodd Mam yn nerfus.

Ddwedais i 'run gair, dim ond tynnu'r caead oddi ar y botel fach a rhoi diferyn o'r persawr ar arddwn Mam. Gafaelais yn ei llaw a chodi'i harddwrn at ei thrwyn.

'Beth alli di ei arogli, Mam?' gofynnais. Sniffiodd Mam, a lledodd gwên lydan ar draws ei hwyneb. 'Alla i ddim credu'r peth! Dwi'n siŵr taw Blodau'r Grug yw e!' Agorodd ei llygaid a

chymryd y botel o'm llaw. 'Ie wir,' meddai'n syn. 'Ble yn y byd gest ti hwn?

'Ar eBay,' atebais yn gelwyddog. 'Digwydd ei weld e wnes i, a chofio dy fod ti wedi sôn amdano'n ddiweddar.'

'Waw, mae hyn yn mynd â fi'n ôl i'r adeg pan o'n i yn fy arddegau, yn gwisgo dyngarîs a . . . wel, ddweda i ddim rhagor. Fyddet ti byth yn credu!'

'Mi faset ti'n synnu, Mam,' dywedais gan wenu, 'yn synnu'n fawr!'

Pennod 27

Roedd yr ychydig ddyddiau nesa'n teimlo'n od iawn, iawn. Wrth ddeffro yn y bore, do'n i byth yn siŵr ble ro'n i – yn y presennol neu'r gorffennol. Ro'n i'n cael breuddwydion hynod o fyw, yn gymysg â realiti, a'r cyfan yn gwneud i mi deimlo bod fy mhen dros bob man ac angen amser i setlo i lawr.

* * *

Es i mewn i stafell Betsan yn gynnar ar fore'i phen blwydd. Rhois ei hanrhegion iddi – y top roedd hi wedi'i hoffi mewn ffenest siop yn ddiweddar, a'r freichled roedd Mam wedi fy helpu i'w phrynu. Dangosodd Betsan y siaced cŵl roedd ei thad wedi'i phrynu iddi – roedd hi'n hyfryd! Ond allwn i ddim canolbwyntio – ro'n i'n teimlo mor nerfus. Tybed ddylwn i fwrw 'mlaen â 'nghynllun? Oedd e y peth iawn i'w wneud? Do'n i ddim yn siŵr . . .

Ers i ni ddod yn ôl o'n taith drwy amser, doedd pethau ddim wedi bod 'run fath, rhywsut, rhwng Betsan a fi. Bob tro ro'n i'n sôn am y

daith, doedd Betsan ddim yn awyddus i gymryd rhan yn y sgwrs. Roedd hi'n ddigon bodlon sôn am y dillad a'r gwalltiau ac ati, ond bob tro ro'n i'n sôn am ei mam roedd hi'n newid y pwnc yn syth.

Ond doedd dim troi'n ôl i fod – ro'n i'n benderfynol o hynny. Tynnais anadl ddofn a dweud, 'Mae gen i un anrheg arall i ti, Betsan.'

'Sdim angen i ti roi unrhyw beth arall i mi, siŵr – mae'r top a'r freichled yn grêt!'

'Math gwahanol o anrheg sy gen i y tro hwn,' dywedais. Rhoddais fy llaw yn fy mhoced, tynnu darn o bapur mas ohoni, a'i estyn i Betsan. 'Dwi ddim wedi'i ddarllen e,' ychwanegais.

Ro'n i'n dweud y gwir, ond cefais fy nhemtio sawl tro!

'Mae'n flin gen i ei fod e mor anniben,' dywedais. 'Do'n i ddim am i ti wybod amdano fe tan heddiw, felly fe guddiais e yn fy esgid am sbel!'

Yn araf iawn, cymerodd Betsan y papur o'm llaw a'i agor mas. 'Amserlen bysys o Ddolfawnog i Gaerdydd? Ife jôc yw hyn? Os felly, dyw hi ddim yn ddoniol o gwbl!'

'Rwyt ti'n edrych ar yr ochr anghywir,' dywedais, gan gipio'r papur o'i llaw a'i droi drosodd.

Dechreuodd Betsan ddarllen, ond ar ôl eiliad neu ddwy taflodd ei hun ar y gwely a gollwng y darn papur yn y gofod rhyngddon ni. 'Sorri, Mali, alla i ddim gwneud hyn,' sibrydodd. 'Mae'n rhy anodd . . .'

Gan taw fi oedd wedi cael y syniad yn y lle cyntaf, a gofyn i Ffion sgrifennu'r llythyr, roedd yn rhaid i mi gymryd cyfrifoldeb. 'Hoffet ti i mi ei ddarllen i ti?' gofynnais yn dawel.

Nodiodd Betsan, a gorweddodd y ddwy ohonon ni ar y gwely. Caeodd hi ei llygaid a chydiais innau yn y darn o bapur.

Roedd y sgrifen yn fân ac yn daclus. Tynnais anadl ddofn a dechrau darllen.

Annwyl Betsan
Mae Mali wedi gofyn i mi sgrifennu nodyn atat ti. Doedd hi ddim yn gallu esbonio pam, ond roedd hi'n dweud y byddai'n golygu llawer i ti, felly dyma fi'n rhoi cynnig arni . . .

Gobeithio y byddi di'n cael diwrnod grêt ar dy ben blwydd yn 13 oed. Mae'n flin gen i dy fod yn byw mor bell i ffwrdd, a fydda i ddim yno i roi anrheg i ti. Er taw dim ond yn ddiweddar ry'n ni wedi cwrdd, dwi'n

teimlo fel tasen i wedi dy nabod di ers blynyddoedd. Trueni nad wyt ti'n byw'n agosach ata i, ac yn mynd i'r un ysgol â fi – bydden ni'n siŵr o ddod yn ffrindiau agos. Ond mae Mali'n ferch hyfryd, ac rwyt ti'n lwcus iawn o gael ffrind fel hi.

Dwi ddim yn nabod unrhyw un arall sy wedi colli'i mam, felly dwi ddim yn siŵr beth i'w ddweud. Ond rhaid dy fod ti'n teimlo'n drist iawn am nad yw dy fam yna i ddathlu dy ben blwydd arbennig gyda ti.

Ar fy mhen blwydd i, mae Mam yn rhoi sws i mi am bob blwyddyn o'm hoed. Ac er bod hynny'n dipyn o embaras nawr 'mod i'n hŷn, mae'n deimlad braf hefyd. Tasai dy fam di yma heddiw, basai hi'n siŵr o fod yn falch iawn ohonot ti – rwyt ti'n ferch arbennig iawn.

Gyda chariad,

Ffion

'Mae'r llythyr yn gorffen gyda 13 o swsys,' dywedais yn dawel.

Agorodd Betsan ei llygaid, cymryd y darn papur oddi arna i, a rhedeg ei bys ar hyd y llinellau o ysgrifen.

'Mae Mam wedi cyffwrdd hwn,' dywedodd,

'ac wedi sgrifennu'r llythyr yma'n arbennig ar fy nghyfer i.' Plygodd y papur yn ofalus a'i roi yn ei phoced. 'Diolch i ti, Mali,' sibrydodd. 'Dyna'r anrheg ben blwydd orau i mi ei chael erioed yn fy mywyd.'

'Felly dwyt ti ddim yn grac gyda fi?' holais.

'Nac'dw siŵr. Cyn i ni fynd ar y daith honco bost drwy amser, doedd gen i ddim mam. Dyw hynny ddim wedi newid – ac eto dwi'n teimlo'n hollol wahanol.'

'Dwi ddim yn deall . . .'

'Erbyn hyn, dwi wedi cwrdd â hi. Dwi wedi siarad gyda hi. Rydyn ni wedi chwerthin ar ben jôcs ein gilydd. Soniais wrthi 'mod i'n gobeithio gweithio gyda chyfrifiaduron pan fydda i'n hŷn – doedd hi ddim yn deall am beth ro'n i'n sôn, wrth gwrs, ond dwi'n falch 'mod i wedi dweud wrthi ta beth. Ro'n i wrth fy modd pan oedd hi'n brwsio fy ngwallt, a dwi nawr yn gwybod beth yw ei hoff liw hi.'

'A dyw hynny ddim yn gwneud pethau'n fwy anodd i ti?'

'Nac ydy. Peidio gwybod – dyna oedd y peth gwaetha. A'r mwyaf o gwestiynau ro'n i'n eu gofyn am Mam, y lleia ro'n i'n ei wybod, rhywsut. Roedd e'n debyg i gael bocs mawr o

ddarnau jig-so o 'mlaen, a'r rheiny'n perthyn i luniau gwahanol – darnau oedd byth bythoedd yn mynd i ffitio gyda'i gilydd i greu un llun cyfan. Ond nawr, mae'r darnau'n dechrau ffurfio llun yn fy meddwl, ac mae hynny'n help mawr. Diolch i ti am bopeth, Mali – rwyt ti'n werth y byd.'

Rhoddais gwtsh iddi hi ac eisteddodd y ddwy ohonon ni'n dawel am sbel.

'Mae heddiw'n ddiwrnod arbennig,' dywedais o'r diwedd, 'felly beth hoffet ti wneud? Dy ddewis di!'

'Beth am i ni fynd yn ôl i Siop Sami?' awgrymodd Betsan gan wenu'n ddireidus. 'Falle y gallen ni ddod i nabod ein tadau pan oedden nhw yn eu harddegau?'

'Dim gobaith!' llefais. 'Dwi wedi cael mwy na llond bola ar deithio drwy amser. Beth am i ni fynd i'r sinema? Fy nhrît i – mae 'na ffilm dda 'mlaen yr wythnos hon.'

A dyna wnaethon ni, fy ffrind gorau a fi. Fe gawson ni ddiwrnod hollol berffaith . . . a hollol normal.

Cyfres arall gan yr un awdur:

Alys Drws Nesa

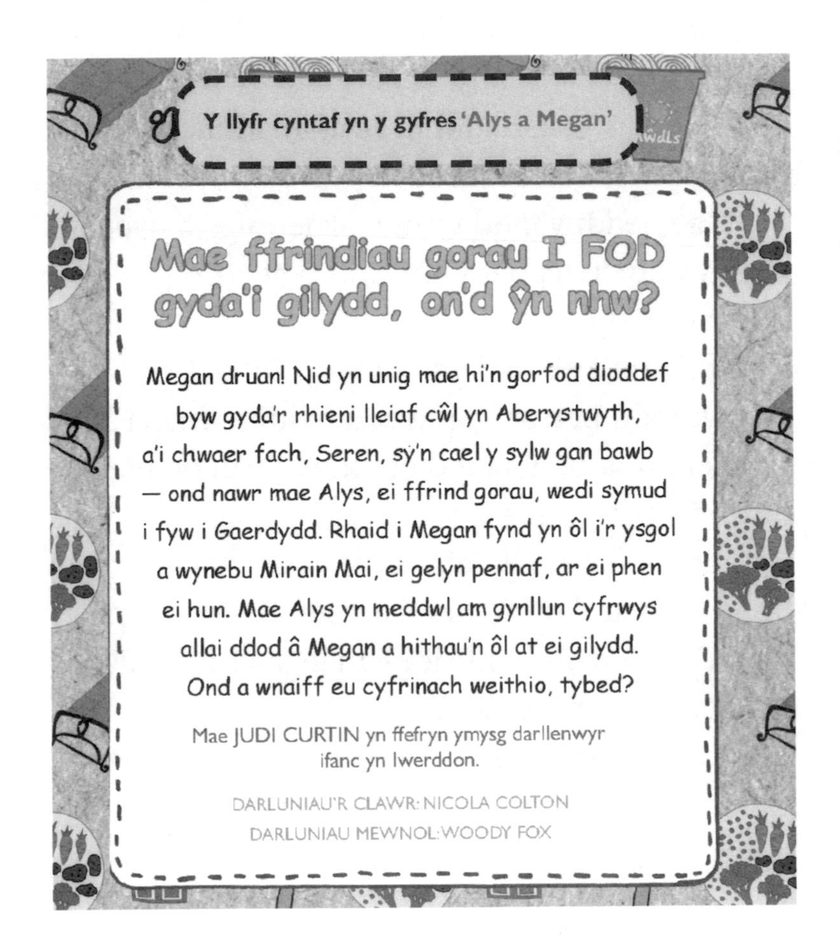

Judi Curtin
addasiad gan
Eleri Huws
ALYS
DRWS NESA
nŵdls

Judi Curtin
addasiad gan
Eleri Huws
Caffi Clyd
ALYS ETO
5102847
TOCYN SINEMA
1 PLENTYN
5102847
Dyddiadur

Alys Eto

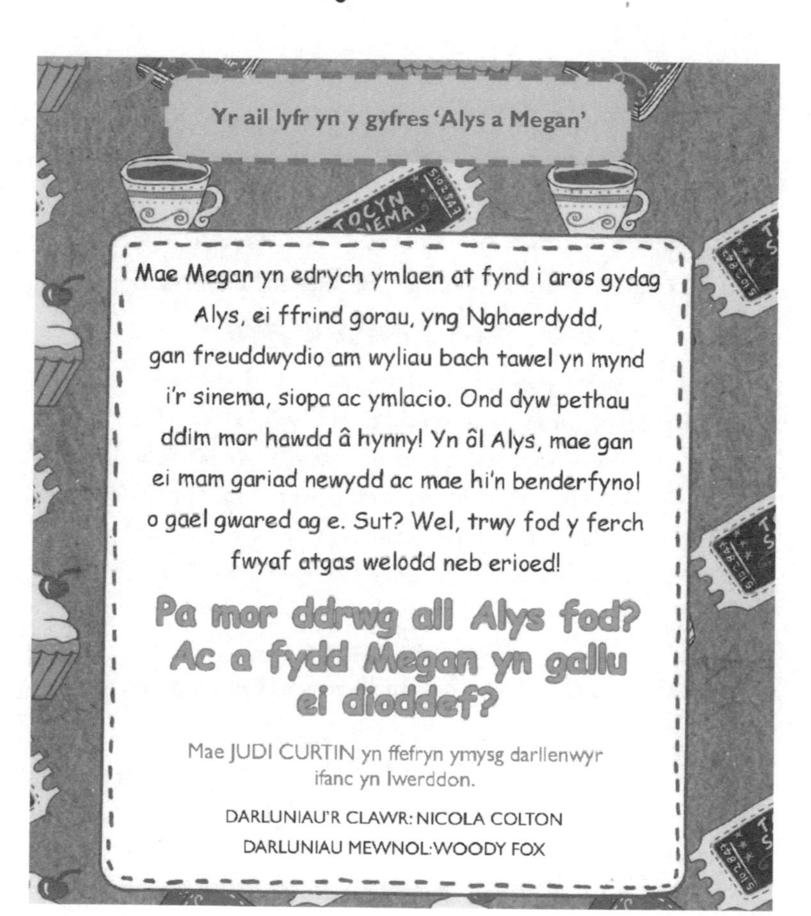

Yr ail lyfr yn y gyfres 'Alys a Megan'
TOCYN SINEMA
Mae Megan yn edrych ymlaen at fynd i aros gydag Alys, ei ffrind gorau, yng Nghaerdydd, gan freuddwydio am wyliau bach tawel yn mynd i'r sinema, siopa ac ymlacio. Ond dyw pethau ddim mor hawdd â hynny! Yn ôl Alys, mae gan ei mam gariad newydd ac mae hi'n benderfynol o gael gwared ag e. Sut? Wel, trwy fod y ferch fwyaf atgas welodd neb erioed!
Pa mor ddrwg all Alys fod? Ac a fydd Megan yn gallu ei dioddef?
Mae JUDI CURTIN yn ffefryn ymysg darllenwyr ifanc yn Iwerddon.
DARLUNIAU'R CLAWR: NICOLA COLTON
DARLUNIAU MEWNOL: WOODY FOX

Paid â gofyn i Alys

Judi Curtin
PAID Â GOFYN I ALYS
Tocyn
Anrheg
Hufen Iâ